U0113866

新 声

杨仕芳 著

广西教育出版社·南宁

目 录

引　言

　　天际发白，云朵慢慢变成橙色，坡地上的树木逐渐清晰起来。村庄也从梦里醒过来了。从村子里传来"吱吱呀呀"的开门声、大人的叫喊声、小孩的哭闹声、鸡鸣狗吠声，充满着烟火气。这些声音混在山风里，漫过田野与河谷吹到脸上，还夹带着一丝清凉。最让我着迷的是，从山谷里传来"哗啦哗啦"的溪流声，以及密林里此起彼落的鸟啼声，在一片浓厚的雾气里回响，就像有位仙女在山林中弹奏乐曲，令人心旷神怡。

　　新的一天到来了。

　　此时，太阳从山头上露出半边脸，火红火红的，阳光从山顶照射下来，透过枝丫，穿过吊脚楼，温暖柔软，可以用眼睛与它直接对视。村里人陆陆续续走出家门，有的扛锄头去挖地，有的提脏衣物到河边清洗。一个妇人赶着一群山羊出现在村巷里，那群山羊摇头晃脑地走在前头，妇人背着竹篓跟在后边，手里抓着一把竹枝编成的扫把，随时清扫山羊随地乱拉的粪便，嘴里好像还念叨着什么。那群山羊见状，一脸委屈，当发现她真生气了，立即迈开腿往前挤，路面上拖着它们东倒西歪的影子。几只叫不出名字的鸟雀，从树丛中"嗖嗖"飞起，越过田野和山谷，消失在不远处的山梁上，在阳光里留下一道道弧线，有规则的，也有不规则的，它们并不在乎这些。当太阳慢慢地越过山顶，阳光的热度也升高了，山谷里的雾气迅速往后退去，消失在山林里，很快整个山野明晃晃的。山间少许树叶变黄了，成了整个山林的点缀，茂密的山林出现了层次感，目之所及，宛若一幅徐徐展开的山水画卷。

——这是 2022 年 11 月 26 日乌英苗寨的清晨。

我们在前一天傍晚来到乌英，住在村口的跨省客栈里。这是个特殊的苗寨，有一半属于广西融水苗族自治县杆洞乡，有一半属于贵州从江县翠里瑶族壮族乡。乌英距离广西柳州市约 280 公里，从柳州到融水县城约 100 公里，全程是高速公路，但从融水县城到乌英的道路就不好走了，约 180 公里的路段几乎都在翻修，颠簸难行，即便不堵车，也要花七个多小时。要是运气不佳遇上堵车，一天时间就耗在路上了。我们一大早从南宁出发，没有走融水县境，而是选择绕道贵州从江县觅路而行。

车子穿过贵州从江县城后，就开始往山坡上爬行。那是条狭窄而弯曲的公路，从始至终都在山林里穿梭，无论在哪个路段，也无论朝哪个方向张望，都是连绵起伏望不到头的山梁，层层叠叠。漫山遍野都是灌木丛，生机勃勃，郁郁葱葱，山谷里弥漫着灰白色的雾气，有种深不可测的意味。偶尔看到半坡上或山脚下散落着几户人家，仿佛被谁遗忘在那里，孤零零的。我们的目的地依然不见踪影，它似乎刻意隐藏起来了。这条公路有许多岔口，我们时不时向山里人问路，才不至于迷失方向。车子在山林里盘旋，绕得人头晕目眩，同行的女士忍不住吐了。

车子在公路上盘旋了三个多小时，天色向晚，终于抵达乌英，停在村部前的篮球场上。我感到一阵眩晕，赶忙爬下车透气。等缓过劲来，我才开始打量眼前的苗寨。球场旁是一栋三层水泥房，外部是苗族建筑的风格。楼前竖立着一根不锈钢制成的旗杆，一面鲜艳的五星红旗迎风招展。不远处是层层叠叠的梯田，斜坡底下是一条清澈明亮的河流，吊脚楼依山而建，错落有致。村庄四周是高耸入云的山，坡上长满茂密的

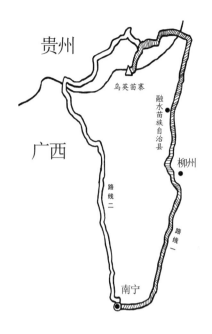

贵州

广西

乌英苗寨

融水苗族自治县

柳州

路线二

路线一

南宁

乌英苗寨方位图

灌木丛，小心地把村庄揽在怀里。村里人稀稀落落行走在路上，或肩挑担子，或拿着柴刀，慢慢悠悠地往回家的方向走去。几个不谙世事的孩子，在桥头的枫香树下逗着黑狗，看到我们一帮陌生人出现，只是抬起头看了一眼，然后继续逗身旁的黑狗，黑狗蹦得挺欢，一切都显得那么自然和安详。天色越来越暗，苗寨里的灯光逐渐放亮起来，悄无声息，似乎即将进入梦幻之夜。晚饭后，我们各自回房间休息。半夜里，我醒了过来，再也没了睡意，便走出房门站在走廊上，眼前的村庄已沉入梦乡，只剩下太阳能路灯还在发着光亮，清朗而安寂。

次日清晨，我才得以看清这个苗寨。它建在山谷的底部，这里地势相对平缓、开阔，两条河从村旁流过，河流两岸有一些地块相对平缓，全都被人们开垦成田地。即便如此，摊到村里每个人身上的田地也少得可怜，"九山半水半分田"，说的就是这种地方。房屋全是木头做的，大多沿着河水而建，一部分人家迁到半山腰上，家家户户紧挨着。

在西南地区的大山深处，像乌英这样的苗寨、侗寨、瑶寨随处可见。这些寨子有的建在山谷里，有的建在山腰上，还有的直接建在山顶上。无论是哪个村寨，因为深居大山，曾经几乎无一例外地被扣上了"贫穷""落后"这样的"帽子"，想甩都甩不掉，如同纠缠不清的噩梦。直到进入新时代，脱贫攻坚和乡村振兴工作相继开展，大山里的各个寨子才发生了翻天覆地的变化。乌英苗寨也不例外。

乌英苗寨所在的柳州市是一个多民族聚居地区，居住有汉、壮、苗、瑶、侗等多个民族。村支书告诉我，曾经有相当一部分村民，因为与外界语言不通，被拖住了脱贫奔小康的步伐。"扶贫先扶智，扶智先通语"，全面推广普及国家通用语言文字显得尤为重要，只有语言通了才能促进心灵相通、命运相通。2019 年 11 月，柳州市启动了"双语双向"助力脱贫攻坚活动，对柳州市存在普通话交流困难的少数民族群众进行普通话培训，同时对不会说当地少数民族语言的部分乡镇干部和驻村工作队队员进行少数民族语言培训，既能提高少数民族群众的普通话水平，又能提高民族地区扶贫干部的"双语"能力。我们要采访的乌英夜校班，就是柳州市"双语双向"培训这棵大树所结的沉甸甸的果实。

在政策的扶持和各界的帮助下，2020 年乌英全寨实现脱贫。这样的小村庄，在中国大地上数不胜数，却蕴藏着许多鲜为人知的故事。在采访时，我跟夜校班班长梁足英的交流还比较顺畅，她偶尔有表达不出来的时候，我就试着给她一些提示，她得到提示后又能表达出来了。有时旁边夜校班的同学想到了什么，帮她补充，她的话匣子又打开了。本以为她只会说一些简单的句子罢了，但经过这么一番交流，我不由得对她刮目相看，在心里对她进行重新定位。

"我们这次来，是准备写关于夜校班的书，希望能得到你的帮助。

梁足英（后）和阿妈劳动归来

你尽管把心里话都说出来，说得越多，对我们的帮助就越大。"

她抬起头疑惑地看着我："我随便说什么，也能帮到你吗？"

我鼓励她："是呀，会给我们很大的帮助。"

之后，梁足英打开了话匣子。她不仅善解人意，还十分健谈，她说出了夜校班的来龙去脉。我终于明白这群苗寨妇女为什么能从不会说普通话，到会说普通话，并在普通话的加持下，打开了新生活的另一扇窗。

离开苗寨后，我坐在书房里整理采访录音，再次被梁足英真实的"声音"感动，尤其是她讲起她们一家人的故事，令人感慨。忽然，我萌生出一个大胆的想法，最大限度地保留梁足英的原话，以此作为这部书的底色。我从梁足英的"声音"开始，追觅她和同学们内心的"声音"，最后抵达新时代的众声。我相信，那样更能迫近她的真实内心，也更能深刻地还原她的生命的原本状态。

1
念念不忘的回响

烟火课堂

我叫梁足英，1974 年出生，算起来有 49 岁了。

我生活的村庄，乌英苗寨，藏在广西和贵州交界的大山里，很少有人知道它。在 2000 年之前，村里的女娃很少能去读书，像我这种年纪的女人，大都没有上过学，不识字，也不会说普通话。每当有外地人来村里，我们都不敢跟人家打招呼，只能远远地躲开。有时不得不跟人沟通，就用手比画，有时都快急哭了，还弄不懂对方在说什么，闹出不少笑话，心里满是委屈。

我以为生活就是这样了，这辈子也就是这样了，这也没有什么奇怪的，村里的女人大都是这样过来的，都这样活到老去的那天。谁也没想到，我这辈子还有机会坐到教室里。2020 年，苗寨创办了夜校班，专门教我们这群不懂文化的妇女读书认字。近 4 年时间，共有 100 多位老师，给我们上了 800 多节课，教会了我们许多汉字，现在我们已经能用普通话跟人家交流了。我们的普通话说得还很生硬，山外来的人听起来也很吃力，可在他们的提示下，我们也能把心里话说出来。那种时候，我感到难为情，但心里又满是欢喜。每到秋季，庄稼收获了，就是那种心情。

让我先从火塘讲起吧。

2019 年冬天的一个下午，我从菜地里择菜回来，在半路上遇到阿妈，她急急地走到我身旁，说："晚上来家里吃饭啊，梁优放假回来了。"梁优是弟弟梁秀山的女儿，在城里读书。我连忙点头答应。天色黑下来后，我就提着两瓶酒去阿妈家。别看阿妈快七十岁了，每天都要喝上几小杯。

我刚进门，就看到阿妈和侄女梁优坐在火塘边，火塘里"吱吱"烧着柴火，火光映亮她们的脸庞，也许是火光的缘故，阿妈看起来年轻了许多。她们的注意力都在本子上，没有注意到我走进来。我悄悄走到她们身后，看到梁优手里拿着作业本，本子上写有两个粗大的字，她用手指着其中一个字，拖长音教阿妈念："你——"阿妈像一个刚上学的小学生，先是张了张嘴巴，声音却发不出来。她抬头看了看梁优，梁优鼓励地点了点头，说："你——"阿妈再次张了张嘴："迷——"她终于开口读出来，只是读音严重变样。梁优再次示范，阿妈还是学不会。

我有点疑惑，但更多的是好奇，不知道她们在干什么，便站在那里看着阿妈。阿妈这时才注意到我，脸上泛起一片红晕，像是喝了酒的样子。阿妈笑着解释说："我在让梁优教我讲普通话，再有外面的客人到家里来，要是你阿爸不在家，我还是不会讲普通话，就没办法跟客人聊天了嘛。趁梁优放假在家，让她教我一些简单的生活用语，到时候可以救救急。"

梁优对我点了点头，满脸认真，像极了学校里的那些老师。她又开始认真地教阿妈念："你——"阿妈跟着念了好几遍，还是没能念对这个字，似乎嘴巴怎么张都不对。但在我看来，阿妈的发音比画眉鸟的叫声还要好听。那时，我发觉心头发出"滋滋"的声响，像是什么东西在生长，不由得莫名激动起来，眼泪都快掉落下来了。

这十几年来，我们乌英苗寨的变化很大，要不是在这里生活过，我都无法想象以前这里的环境有多不好，不通路，没有电，住房条件也很差，连专门洗澡的地方都没有，村庄里满地污水垃圾。现在，苗寨完全变了个样，电通了，路通了，水通了，住房干净整洁，配有专门卫生间，村庄每天都有人打扫，而且村里人都养成了良好的卫生习惯。整个苗寨像一个邋遢的姑娘，跳到河里洗掉了身上的污垢，变成一个美丽的姑娘，终于配得上"乌英"这个好听的名字。可我们身上好像还缺点什么——不能跟外界顺畅交流。

不会说普通话，先不说到山外办事，就是在苗寨里都会遇到困难。这些年，越来越多的山外人来到苗寨，有来驻村的，有来做研究的，也有来做建设的，他们大多说普通话。我一般都不跟他们打交道，因为听不懂对方说什么，还不如避开，落得清静。这是很不礼貌的，不像苗寨人招待客人的做法，可是我没有更好的办法。就说一件事吧，苗寨里来了一个记者，每天都在到处拍照，他每回见到我都打招呼，只是我听不懂。有几回他向我比画动作，可惜我都没理解意思，回到家问丈夫才明白过来。那时我就想，要是自己会说普通话就好了，要是有人教我就好了，我一定会好好学，可惜这只能在心里想想罢了。

现在，连阿妈那么大年纪的人，她都还想学，还在学，而且还付出了行动，我还有什么理由不学呢？没有老师，没有教室，眼前读大学的侄女梁优不就是老师吗？眼前温暖的火塘边不就是教室吗？我心底那个埋了多年的读书梦，在那一刻，突然苏醒了。

"梁优，我也想学，你可以教我吗？"

我有些忐忑地问侄女。她和阿妈同时转过脸来看我，梁优脸上露出惊讶的表情，阿妈脸上则露出一丝微笑。我知道阿妈脸上的笑是为什么，却读不懂梁优脸上的表情。我渴望读书很久了，这并不出奇，只是这几十年来，我把它埋在心底，几乎把它给忘记了。

"可以啊，姑姑，只要想学，这不难的。"梁优看透了我的心思似的，"我教一个是教，教两个也一样是教的嘛。"

我和阿妈相互对望一眼，会心一笑，于是我们俩就成了梁优的学生。

侄女梁优教阿妈学习普通话

我和阿妈并排坐在火塘旁，认真听梁优讲课，像小学生坐在教室里，跟着梁优念："你——好——"我吐字怎么都不准，越想把舌头捋直就越捋不直，像有一只无形的手，紧紧地掐着舌根似的。

"多读几遍就好了。"

梁优没有嘲笑我和阿妈，满脸真诚。我和阿妈就一直在练习说"你好"。我念了 30 多遍才学会这个词。尽管如此，我心里还是有了收获的满足感，就像使出全力，终于把满满一担谷子挑回了家。

梁优又教了几个新词，我和阿妈跟着她念，发音怎么都不准，不知道舌头有时要卷起来，有时要伸开来。我越说越乱，心里就越发着急，越着急就越读得不准，忍不住默默地流泪了。梁优没有笑话我，而是给我递来两张纸巾，说："姑姑，你不要哭，不要着急，你说得很好听，只要肯用心，你肯定能学会的。"我咬咬牙，擦干泪水，心想一定要学会，又跟着梁优反复练习。

就这样，火塘边成了我和阿妈最初的课堂。

后来，有几个姐妹听说了，觉得好玩，也加入了进来。我们有空就跑到阿妈家，坐在火塘旁听梁优讲课，可几个姐妹没把心思放在学习上，老是看着给我们上课的梁优，还说悄悄话，说梁优这么好的姑娘以后定能嫁个好人家。这话被梁优听到了，她想生气，但又忍不住笑了。有时她没空来上课，也就没人给我们当老师了。大家也没觉得失望，就坐在火塘旁聊天打油茶，阿妈还拿出了她酿的米酒。我们勉强记下的词，在一顿酒中又给忘了。

有一回，我们在村口碰到来检查工作的县干部，他们微笑着跟我们打招呼，几个姐妹就怂恿我回应。我也想跟他们说"你们好"，但那三个字在喉咙里翻滚，怎么也翻不出嘴来，直到他们走远了，我还站在原地发愣。为什么就不敢说出来呢？就算说得不好，也总比不说有礼貌。

当再次碰到那些人，还没等他们开口，我终于说出了那三个字："你……们……好。"他们先是愣住了，接着就热情而友好地回应，虽然我们都听不懂他们说什么，但从他们脸上可以看出，他们在说我们的好话，在夸赞我们呢。姐妹们也替我高兴，都说要好好学习，这样以后就能跟客人们交流了。我心里像是吃了蜜糖一样甜。

可是，当我们想认真学习时，开学的时间到了，梁优又回学校读书去了，我们也就没有了老师。她教给我们的那些汉字，本来就没记牢，很快就给忘掉了。原本阿爸想给我们上课，可他又觉得不好意思，再加上大家的时间也难凑齐，我和阿妈也泄了气。

火塘是苗家人刻骨铭心的乡愁。在苗寨，家家户户都有火塘，不管房屋是三间，还是五间，总有一间要设一个火塘。乌英的火塘其实很简单，不挖坑，也不用青石来砌，在水泥地上架起一只铁三脚架即可，既可以煮饭煮菜，又可以烤火。以前，食物匮乏，村里的小孩没有零食吃，便丢下几粒玉米在热灰上烤，用铁钳或木条撩来撩去，很快就"叭"地炸开成玉米花。有时还把红薯或土豆埋到火塘的热灰里，烤熟了，整个房间都弥漫着香味。过年时，家家户户都要杀年猪，还把切成长条的猪肉挂在火塘上，让烟火慢慢熏烤，直熏得油光发亮，便成了味道可口的腊肉。在苗寨里，这是上等菜了。火塘边还是后生和姑娘"坐妹"（谈恋爱）的地方，他们围着火塘边烤火边聊天，情谊就像火塘里的火那样燃烧。虽然时代在变迁，烧水、煮饭有了更多的选择，但是苗家人依然保留着火塘。村里人每天从山上劳作回来，在火塘生火，一家老小各自坐着小板凳，围着火塘边烤火边聊天，说说今天的事，聊聊明天的农活。

我是在火塘旁见到梁英迷的，梁英迷就是梁足英的阿妈。在乌英，出生于上世纪70年代之前的妇女，她们的名字大多像梁英迷的名字那样，叫"××迷"。"××"是她们孩子的名字，"迷"是"阿妈"的意思。她们几乎都没有接受过文化教育，大多不认识字，也不会说普通话。大家叫这样的妇女，都直接带上孩子的名字。她们也没觉得有什么不妥，因为大家一辈子都生活在大山里。

梁英迷头发乌黑，目光有神，口齿清晰，动作敏捷，尽管脸上的皱纹刻着岁月的沧桑，却被她的那抹笑意掩盖和冲淡，怎么看都不像一个年过古稀的女人。她一见我们走进家门，就在火塘上架起铁锅，用茶油炸阴米，为我们打油茶。她和亲家母说着苗语，我们都听不懂，于是她就改用普通话跟我们说。虽然她的普通话比不上她女儿梁足英，比起她丈夫就更不用说了，可她始终乐呵呵的，一直在跟我们聊天。

"你看，我能跟你们说话，亲家母她就不能，叫她学普通话，她还不好意思学，现在就听不懂了。"

她边说话，边用火钳掏着火堆，使火烧得更旺。我凝视着她那张满是骄傲的脸，于她来说，的确值得骄傲。她注意到我的目光，连忙解释起来。她讲起之前闹的笑话。梁英迷的丈夫叫梁安合，他念过书，会讲普通话，年纪又长，又是党员，还当过村干部，对苗寨里的许多事都了解，被亲切地称为"老党"，连家里人有时候都跟着叫起"老党"来。寨里寨外的人都喜欢来找老党聊天。有一回，从县里来了两位干部，到家里想找老党了解村里的情况。那天老党到山上去砍木头还没回来，两位干部只碰到她在烧火做饭，于是就跟她打招呼："伯妈，您好，老党他在家吗？"她听不懂他们的话，只听得懂"老党"，知道他们是来找丈夫的。梁英迷误以为他们在问有没有肉，便从坛子里捞出酸鱼来,准备做菜招待客人。客人见她误会了,连忙用手比画解释,越解释,她越觉得他们是在推辞,也就越要留他们吃饭,直到老党从山上回来才解释清楚,最后她还是留下两位干部吃饭了。

我们听了,都会心地笑起来,是生活在教她学习。此时,我才重新打量起这间屋子。其实,从屋外走进来时,我就注意到在房屋外墙上齐整地挂着芦笙、草帽、背篓、扁担、锄头等。屋里过道的墙上还有用竹筒削成的简易杯子,上面写着老两口的名字,杯子里放着牙膏与牙刷。屋内布置延续着屋外的风格。客厅中央悬挂着秋千,这是梁英迷丈夫特地为她做的。来到她家做客的人,见到了秋千都会童心大发,要上去坐一坐。客厅外便是房屋的栏杆,光线从那里透进来。站在栏杆边,可望见村庄与远山。其余三面墙壁被烟熏得黑乎乎的,但墙上清扫得干干净净,悬挂着小竹篓、各式锅铲、勺子等,看似随意摆挂,实为精心布置。靠后门的那面墙上,整整齐齐镶着两排小竹筒,笔、筷子和小刀分门别类地放在竹筒里,宛如都市里咖啡店的设计,不仅整洁,还透着返璞归真的气息。令人惊奇的是,不仅屋内有自来水,门外还有一口天然的泉眼,汩汩流出山上的泉水。墙角整齐地摆着一百多只小板凳。火塘上方悬挂着几块腊肉,因光线的原因,闪烁着幽暗的光泽。

"今天,我们就吃腊肉。"

梁英迷笑嘻嘻地说。她看到我盯着腊肉,可能误会我的意思了。在村里采访时,我得知十年前苗寨连温饱问题都没解决,更不用说在火塘上制作腊肉了,所以当看到有腊肉悬挂时,我竟一时有些愣神。

在火塘边,听梁足英讲完她第一次学习的故事,我不禁好奇,她的父亲是个文化人,为什么不在家教她呢?梁足英大概明白了我的意思,笑笑说:"我还是先说说我们的苗寨和我的童年吧。"

跨越桂黔

我们的苗寨叫"乌英"，这个名字不知道是谁取的。在苗语里，"乌"是美丽、漂亮的意思，还有河水、山泉水的意思；"英"是新娘子、新媳妇的意思；"乌英"就是指"美丽的新娘"。这个名字真的很美。

乌英苗寨共 140 余户，700 多人，全寨人都是苗族。梁、吴、卜三个姓氏的人家，从广西搬来，有 100 来户；潘、韦两个姓氏的人家，从贵州迁来，有 40 来户。住在村子里的，既有广西人，又有贵州人。大家住在一起生活，像是一大家人，没有划分哪一块是广西的，哪一块是贵州的。在少数户口本上，还出现丈夫是贵州人，而妻子是广西人的情况。要是夫妻俩斗嘴，就会笑称对方是广西佬或贵州佬。过路人听到了，都不会去劝架，只是笑笑，大家都知道，这种拌嘴不伤人。不过有时也会遇上麻烦，就拿孩子们来说，他们到学校读书，广西和贵州都各派了一位老师到学校来教书，因广西和贵州的教材不同，只能广西老师用广西教材教一个年级，贵州老师用贵州教材教一个年级，直到 2018 年，才改用统一的教材。

在 2009 年之前，乌英苗寨还没通公路，村庄与外界被大山阻隔了。从村里到杆洞乡不到 20 公里，全是盘旋在山间的小路，步行要花上三个多小时才能到达乡里；从乡里到融水县城有 160 多公里，至少要坐六七个小时的班车。不管是到广西的融水县城，还是到贵州的从江县城，要步行走出苗寨是非常耗时间的。这么说吧，乌英苗寨里有不少老人，一生都没见过县城是什么样。

乌英苗寨的四周全是山，无论往哪个方向看，都望不到头。村庄背后的那座山，叫冲靓山，很高，很陡，长满灌木丛。我喜欢那些灌木，看着就觉得健康。健康这俩字，像颗种子埋在心底，却又一直没有生根发芽。要是天气晴朗，站在村口能望见山顶；要是遇到阴天，景色就不一样了，山上缠绕着浓厚的雾气，所有的景物都模糊不清。鸟叫声、牛叫声，还有人们的叫喊声，都从雾气深处传来，只听得见声音，看不到人影。山上的树木，大多数常年翠绿，只有到了秋天，才会出现一些变黄的树叶。

平日里，村里人到山上干农活，在山间小路上行走，手里会抓着一根小木棒，因为道路两旁的树枝杂草拼命地往路中央拱，几乎覆盖了整个路面，保不准在树枝杂草下隐藏着什么，人们不得不用木棒撩开那些树枝杂草，露出路面，才放心落脚。你要是在这里行走，会遇到蛇、野猪，还有野兔什么的。这些动物很少攻击人，除非你侵犯它们。村里曾有个妇人上山摘猪菜，不小心踩到毒蛇，被反咬一口，好在抢救及时，最终才保住性命。

村里人上山见得最多的，要数各种各样的鸟儿，有老鹰、麻雀、布谷鸟，还有猫头鹰等。村里人最喜欢的鸟儿，要数画眉鸟。它们在树丛里上下跳跃，飞来飞去，快乐得很。有时我想象自己就是它们，长着一对翅膀，在空中自由飞翔，看着地面上的村庄和人们，多么美好。很多时候，我看不到它们的身影，只听到它们"叽叽喳喳"的叫声从密林里传出来，一片欢快。村里人喜欢养鸟，几乎家家户户的栏杆上，都悬挂有一两只鸟笼。那些鸟笼用竹子编织而成，还涂上了桐油，变得黝黑发亮，既好看，又能防止竹片腐烂。笼子里养着的鸟儿，蹦蹦跳跳，不时发出悦耳的啼叫。啼叫声漫过村庄，使村庄充满生机。有时，我觉得自己像是笼子里的鸟儿，被丈夫宠着、护着，却怎么也飞不出笼子。

我们乌英四面都是山，水田很少，树木倒是很多，满山都是。有些树木不值钱，但像杉树、松树这些树木却能换钱，只是把它们运出山是个难题。那些粗大的杉木，没有数十人，是无法抬下山的。如果请人把树木运到乡里，运费都已超过木头本身的价值，那是赔本的买卖。村里人只能另想他法，先砍倒树木，让其在太阳下暴晒，几个月后再用锯子锯成方条，这样就能扛到乡里卖钱。

我九岁时就扛过方条去乡里卖。那回是跟着阿爸去的，阿爸肩上扛了好几块方条，而我只选一块最轻的扛。方条不重，可路途遥远，肩上的方条显得愈发沉重，只好不停地调整，从左肩调到右肩，没走几步又从右肩调到左肩。肩上的沉重感在不断增加，几乎压断我的肩膀，眼前还不断冒着金星，眼泪在眼眶里打转。我强忍住不让它掉下来，不想让路人笑话，也不想让阿爸担心。我咬着牙往前走，努力跟上阿爸的脚步，却总是被阿爸落下一段距离。我感觉这条通往乡里的山路是世界上最为遥远的路途，似乎永远也走不到尽头。那种无力感和绝望感席卷而来，我终于忍不住淌下泪来。阿爸见状连忙把肩上的方条放到路边，然后把我肩上的方条卸下来，我们就坐在树荫下歇息。阿爸抚摸着我的脑袋，说到乡里还剩一半路，剩下的路就由他扛吧。我立即感到浑身一阵轻松，但犹豫了一会儿，最终还是坚定地摇了摇头。歇息过后，也不知从哪里来的力气，我扛着方条走在阿爸前头，好几回都把阿爸落下一段距离，等阿爸紧赶慢赶追上来时，只见他脸上洋溢着欣慰的笑容。

终于，我们在中午时分来到乡里，把方条卖给了木材老板。老板付的钱比预期低了不少，阿爸就跟老板讨价还价，老板瞪了阿爸一眼："现在就这个价，你爱卖不卖。"阿爸没反应过来似的愣在原地，直到我轻轻叫了几声，阿爸才回过神来，最后心有不甘地接过老板递来的几张皱巴巴的钞票。阿爸转过身来，蹲在路旁，把那几张钞票放在大腿上，小心地抚平，脸上又露出了笑容，似乎脸上的忧愁也给抚掉了。我知道阿爸心里不好受，只是不想在女儿面前表现出来。阿爸也知道我知道他心里不好受，可他还是装作没事似的把笑容留给了我。我们父女俩都没有点破，走到卖粮的地方，买了两袋大米，又到街上买了几包盐巴和几条咸鱼。阿爸还想给我买双鞋，尽管那是我渴望已久的心愿，最终我还是坚决不让阿爸买，不想阿爸浪费这份辛苦钱。

在回村庄的路上，我看着郁郁葱葱的山坡，想起那些健壮的树木最终成为老板手里随意压价的商品，心里不由得泛起一阵忧伤，更加心疼阿爸和阿妈。在山里，还有不少好东西，比如蘑菇、山笋、野果等，因为路途遥远，变得不值钱，最终山里人的日子过得紧巴巴的。

乌英由两条不宽的河养育着：一条从广西而来，叫乌英河，从村庄背后的山谷流下来；另一条从贵州而来，叫乌嘎河，从村庄斜对面的山谷里流出来。这两条河在村旁汇聚，往远方缓缓流去。那时候，我和小伙伴们听说河水最终会流进大海，只是我们谁也没见过大海。

别看乌嘎河不大，看起来温温柔柔的，然而每到雨水季节，乌嘎河就暴躁起来，浑浊的河水裹挟着泥沙滚滚奔去，似乎没有什么能够阻拦得了它，山挡撞山，岸挡毁岸，河两边的田地早被淹没了。浑黄的河水发出"呼哗呼哗"的怒吼，像要掏空村庄的内脏，然后带走。那时没人敢涉水过河，连老黄牛都不敢冒这个险，有一回就发生过黄牛被洪水冲走的事。那头黄牛不是自己走到河里的。它踩着河岸边的田埂往回走，那段田埂经不起洪水冲击，突然往河里塌陷，那头黄牛来不及反应，就滑到河里，立即被洪水卷走，没几下就被冲得没了踪影。等洪水过后，火辣辣的太阳出来了，牛主人顺着河流往下找，再也没找到那头黄牛，人们都怀疑它被冲到大海里去了。

每当发洪水，河水就会漫过岸边的水田，一路狂奔，田里的禾苗、岸边的杂草树木都被冲走了，水田里的鱼也跟着被冲走了，许多木头在河水里沉浮。当洪水过后，许多山体塌方，裸露出散发着腥味的泥土，水田里多了几堆从上游冲下来的石头。好几回河上的小木桥也被冲走了。村里人站在高处眼巴巴地看着，惊呼着，叹息着，即便心里再焦急，也只能在原地跺脚，谁都知道没任何办法去追回来，只能等洪水过后再重新修桥。

乌英地界里的水流很多，在山野里到处都是，村旁边就是河，田地边就是水。村里人为了方便生产生活，就在溪流上搭建便桥，久而久之，在小溪、小河、沟壑、田边等地方出现了许多便桥。大多数便桥是用杉木架成的，先在河面上架上几根粗壮的杉木，再铺上木板并用铁钉钉牢，便桥就建成了。有些小的沟壑，人们就地取材，搬来条形的巨石，架过沟壑，成了雨水侵不坏的便桥。

直到上世纪 60 年代，乌嘎河上才架起一座长 20 米、宽 3 米的木桥。那时经济还很落后，村里人都不富裕，没有多余的钱来建桥，于是每家每户都捐出一棵 30 年以上的杉木，作为建桥的木料。修建那座桥时，全村人都出力，会木工手艺的就当木匠，不会木工的就出劳力，搬石块、砌地基，村里几乎所有的劳动力都来帮忙。这座木桥如期架过乌嘎河，极大地方便了人们的出行和生产。

那座桥建是建起来了，也比以前方便多了，可是只要遇到雨季，河水就会涨起来，木桥就会跟着摇晃，人走在上面很不安全。

阿爸说，那座木桥在修建起来后，村里人还时不时对桥身进行修补、加固，可还是抵挡不住洪水的冲击。当乌嘎河泛起洪水，河里的水漫过桥面时，那座木桥总是无一例外地被冲毁，前前后后被冲毁了好几次。有一次洪水特别大，整座桥都被冲走了，等洪水过后连一块木板都不剩，村里人想修缮和加固桥身都无处使力。人们外出办事和上山干活，再次回到极不方便的日子。更糟糕的是，人们习惯了有桥的生活，现在突然没桥，村庄似乎失去了魂灵。

村里人外出办事吃了许多苦头。人们要到乡里赶圩，不得不蹚水过河，徒步走山路，下雨天路又滑，不小心就会摔跟头，到了杆洞乡还要蹚过大河，最终才能去到街上。人们到乡里赶一趟圩，来回要八九个小时。要是村里的妇人去赶圩，不敢蹚水过河，只能绕着河流走，从很远的桥上走过去。

上世纪 70 年代，村里人在村口修建起第二座大桥。那是一座风雨桥，用上百年的杉木做桥身，用杉树皮盖桥顶。这座桥跟以往的便桥都不一样，桥上设有长凳座椅，专门供村里人歇息。人们无论从山上劳动回来，还是从乡里赶圩回来，路过这里时大多会选择到桥上歇歇脚。这里下雨天可以躲雨，大晴天能够遮住阳光。在大热天时，村里的老人还会结伴到风雨桥上乘凉聊天。老人们抽着旱烟，谈论起村里和山外的事，河水从桥底下流过，发出"哗哗"的声响。在农闲时节，人们在风雨桥上一坐就是一整天，直到太阳落山了，最后一抹夕阳消退了，才起身心满意足地回家。风雨桥成了村民们讨论、商量事情的地方。但风雨桥也慢慢地变老了，每年都要修修补补，人们不由得期盼更加稳固的桥梁。

2009 年，政府把公路直接修到了家门口。那座早已衰老的风雨桥被拆掉了，改建成牢固的水泥桥，既能够通车，也不用担心再被冲垮了。应该说，公路桥的建成，打开了乌英苗寨和外界联系的门窗，给这个小小的苗寨带来了真正的希望。

站在村口往西北方向望去，有一条小路沿着山谷爬去。村里人对这条山路又爱又恨：爱它，因为它是苗寨的血管，没有它通往山外，苗寨早就缺血而死；恨它，因为它蜿蜒崎岖，村里人举步难行，下雨天更加遭罪。有时候村里人患了急病重病，想送往山外救治，结果赶到半路，病人就去世了。

新建的风雨桥

我第一次从这条小路到乡里，是跟阿爸阿妈去买米、盐和一些生活用品。我至今还记得那天清晨，天还没亮，阿爸阿妈就起床，在屋子里"叮叮当当"地做饭，在天破晓时才叫我们起床。喝了油茶后，阿妈用饭盒装好饭，在太阳还没出来之前，我们就往山外的杆洞乡赶去。一开始，我还很兴奋，时不时在阿爸阿妈面前小跑起来。他们立马担心地说："不要跑，不要跑，路远着呢，要节约体力。"我沉浸在第一次到山外的兴奋里，没把他们的话听进去。没过多久，我渐渐后悔起来，走累了就歇一会儿，阿爸阿妈催促我快走，不然到乡里就晚了。我越走越觉得双脚沉重，到后来双脚像是挂着方条似的，都快抬不起来了，可是山路还是那么远，怎么也看不到尽头。我瘫坐在地上，累得快哭了。于是，阿爸把我背到背上，最后才得以到达乡里。

此后的一段时间，我都不敢再跟阿妈去赶圩，虽然那里比苗寨人多热闹，但是每当想起那条山路，似乎怎么走都走不到尽头。那种感觉太可怕了，可是我又渴望到山外去看看，在我小小的心里，充满着恐惧和矛盾。后来还是忍不住想到乡里看看，阿爸又带我去过几次。每回挤在乡里的街道上，心里都害怕，我紧紧扯住阿爸的衣角，生怕一不小心就走丢了，再也找不到回家的路。赶圩留给我最深刻的印象，就是山路太遥远了，脚都走得酸了、麻了，路还没看到尽头，让人感到痛苦而绝望。

可是，村里的孩子读完小学三年级，就要徒步到十几公里外的乡里上学，除非不再读书了。那些孩子才十来岁，很多事情都不懂，就要离开家到陌生的环境里生活。我没有到乡里上过学，但我给弟弟送过东西，因此我能猜到他们背着书包，扛着大米和柴火走在山路上的心情，大概不仅感到恐慌，还感到迷茫。

关于乌英苗寨的由来，我采访到以下两种说法。

相传，在很久以前，有一对苗族青年男女情投意合，女方家却要姑娘嫁给财主。在出嫁前一晚，姑娘和后生双双私奔。他们趁着夜色翻山越岭，逃进深山老林，不知走了多久，终于逃到此地，摆脱了追赶他们的人。

他们跑累了，也口渴了，便来到溪水旁，用手捧起清澈的溪水解渴，然后坐在溪边歇息。他们眼前的溪水里，堆积着千奇百怪的岩石，它们像是被洪水从山谷里冲下来的，又经过千年的溪水洗刷，每块岩石都一尘不染，在阳光下泛着耀眼的光泽。他们都喜欢这些岩石，干净，坚硬，率真，如同他们的内心。

姑娘靠在后生肩上，昏昏欲睡时，忽然看到两只天鹅，浑身雪白，从天空缓缓地落在岩石上。它们用嘴啄了啄身上的羽毛，挥了挥翅膀，才跳到溪水里戏水。它们在河里自顾自地嬉戏，旁若无人，沉浸在它们的恩爱里，时不时发出"克噜——克哩——克哩——"的声音，声音低沉，如同在哼着美妙的歌谣。它们在水里玩累了，就扑腾着翅膀飞到岸上，落在几棵枫香树下。

姑娘和后生被它们优雅高贵的气质折服。神秘的天鸟都落在这里，这个地方一定是个好地方。他们相信这是天鹅在指引，让他们留下来，不要再漫无目的地奔逃，而是留在这里过上属于他们的生活。当那两只雪白的天鹅飞走后，他们便来到天鹅歇息过的枫香树下，姑娘清扫残留在岩石上的枯枝烂叶，后生就用柴刀砍来树枝和藤条，倚靠着枫香树搭起简易的木棚。这就是他们在此生活的家。

之后又有一些人家陆续搬来。从此，生活在这里的人们，相互帮扶，开荒拓田，建立家园，终于建成了一个村庄，并把这个村庄取名为乌英，以此纪念最先来到这里的新娘，也纪念那对美丽的天鹅。

又相传，苗寨里的两个后生同时爱上一个富贵人家的女儿，他们打算以斗马来分胜负。当村里人满心期待那场斗马时，姑娘的阿爸却否决了他们的做法，说如果他们真心爱他女儿，那就到深山里狩猎，谁能打死一只黑熊，他就答应把女儿嫁给谁。

所有人都倒吸一口凉气。那时候，在深山老林里，人们偶尔会遇到黑熊出没。黑熊浑身粗毛，让人见了毛骨悚然。谁都知道，仅凭两个年轻人根本不是黑熊的对手，别说把黑熊打死，能从熊掌下逃脱、保住性命已是奇迹。姑娘的阿爸原本只是想吓唬他们，让他们知难而退，即使他们不应战，也不至于在村里人面前丢脸。

岂料这个承诺激起了两个后生的斗志。他们摆上酒席，大醉一场，便在几日后的清晨，背上狩猎工具和干粮，斗志昂扬地走向大山。村里人送他们到村口，站在那里看着他们消失在山间小路上，眼中无不充满担忧。

山里的男人强悍，都会狩猎。两个后生也不例外，他们懂得如何战胜猛兽。因此，他们虽然单独行动，但又相隔不远，以便在出现危难之时，能够伸手相助。他们来到黑熊经常出没的地方，也就是现在的乌英地界。他们各自找到天然的坑洞布设陷阱，只要把黑熊引过来，让它掉进陷阱就是胜利。他们各自伪装起来，然后躲在树下耐心等待。狩猎十分考验猎人的耐性。

他们在山里守到第三天下午，终于有一只肥壮的成年黑熊出现了。它从树丛里探出脑袋，四下张望，没看到什么异常，便用身体搓树干上挠痒痒，颇大的树干随之摇晃起来，不少枯叶纷纷掉落。接着它晃晃悠悠地走出来，朝着其中一个后生布置的陷阱方向走去。

那个后生太困乏了，眯着眼打起了盹儿，连黑熊出现都没发觉。另一个后生发现后，悄悄地跟了过去，看到黑熊避开了陷阱，往还在打盹的后生走去，而那个后生对危险临近毫无察觉。另一个后生随即大声叫喊，引起黑熊的注意。黑熊扭头看到了他，撒开腿就朝他追来。于是他往陷阱边上跑，想把黑熊往陷阱里引，然而由于过度慌张，他的脚被藤条缠住，还没等他解开脚上的藤条，黑熊已经飞扑过来，后生和黑熊双双掉到陷阱里。后生当场断了气，黑熊也趴在地上动弹不得。

打盹的后生惊醒过来，看到这一幕，知道是那个后生救了他，还付出了生命的代价。他慌慌张张地跑到村里叫人。人们先把死去的后生抬出陷阱，然后才把那只因受伤而动弹不得的黑熊抬走，剩下他站在那个陷阱旁，盯着陷阱。好半晌后，他忽然扛起锄头，"啊啊"叫喊着往陷阱里填土。人们知道他心里在想什么，于是跟着他一起把陷阱埋掉，但他心头永远有一个填不满的陷阱。

之后，他没有按约定去向姑娘提亲，而是卷着铺盖和生活用具再次来到山里，从此在这里生活，以此纪念为了救他而死去的兄弟。那个姑娘知晓他的心思后，为他的这份情谊所感动，也觉得他是值得托付终身的人。于是她不顾父母反对，毅然决然地跑到山里，跟他一起生活。为了纪念他们，人们把这个地方命名为"乌英"。至今，乌英人都秉承着这股精神：团结、勇敢、无畏，以及敬仰爱情。

这些故事能够流传至今，并且具有极强的生命力，原因是它们点燃了乌英人心头的那抹暖意。乌英人掌握了与自然和谐相处的秘诀，他们热爱自然，崇拜大树，迷醉于芦笙声里，画眉鸟也成了苗寨男人的心灵歌者。

在梁足英家的栏杆上，悬挂着两只鸟笼，那是她丈夫养的鸟儿。她丈夫叫卜胜昌，上世纪80年代曾入伍服役。他身材魁梧，少言寡语，稳重沉着，尽管退役多年，在他身上依然可见军人的刚毅气质。

我问他对乌英苗寨这些年的变化有什么看法，他看了我一眼，有一搭没一搭地回答，偶尔还把目光投向妻子梁足英。我明白他的意思，他不想再回答了，因为这种事梁足英说得比他好。我便转换话题，问起他服役的事，他也不愿多说。当聊起画眉鸟时，他顿时来了精神，两眼放光，说道："苗寨男人没有不爱画眉鸟的，就像没人不爱吹芦笙一样。画眉鸟羽毛好看，叫声好听，能给人带来很多快乐。"

我问梁足英："你和丈夫是通过'坐妹'相识相恋的吗？"

她脸色微微发红，说："是的，那年他已经从部队回来了，应该是1993年。他很老实，来到我们家门外，只知道叫喊，不知道唱歌。他去部队几年，回来都忘了怎么唱歌，不过我挺中意他的，就起来给他打开门。丈夫年纪比我大不少，可我就是喜欢他身上那份沉稳。"

我问："那时候你还想着读书吗？"

她羞愧地笑了笑说："那时天天上山干活，早就不想了，想也没用嘛，渐渐地就不想了。"

我又问："你们结婚多久了？"

她又笑了笑说："快三十年了。结婚过日子，每天都面对着柴米油盐，读书的事早就忘得干干净净了。"

女不读书

　　从我们家门前，能够看到学校旁那几棵枫香树，枝繁叶茂，像一把把撑开的大伞，为树下的人们遮蔽风雨，也遮蔽着那栋破破烂烂的教学楼。当读书声从教室里传出来，伴随着从枫香树上传来的鸟啼，在村庄上空来回飘荡，那种声音让我着迷。而最让我着迷的，是上课的吹哨声。只要听到了，我总是坐立不安，心里既兴奋，又失落。

　　小时候，每次谈起学校，阿爸都不说"学校"，而说"学堂"，显得特别。我知道学堂是旧时对学校的称呼，自从我记事起，阿爸就喜欢这么说，听多了，我也喜欢上"学堂"这个叫法，觉得更加有文化。学堂，即学到名堂嘛，听着比学校有意思多了。

　　村里的学校建在谷底，是用杉木建起来的，上下两层，共三间教室，盖着灰瓦。学校的球场外边是斜坡，坡底便是河流，常年流水，"哗啦哗啦"作响。孩子们时常不小心把篮球抛出界外，有时篮球弹得很远，滚到坡底落入河里。

　　那时我几乎每天都去学校，不是去读书，而是背着弟弟到那里玩。老师教孩子们用普通话来念书，虽然我听不懂，但觉得很有意思，而且充满神秘感。我最羡慕他们的，是老师每天都教他们唱汉语歌。

　　每到深秋，学校旁的枫香树就变红了，风从山谷刮来，树叶纷纷掉落，

▲昔日乌英教学点的教学楼

▼昔日乌英教学点的课堂

像一群红蝴蝶在起舞。

"这是自然规律，到了秋天，树叶枯黄，风一吹就掉落下来。"

有一回，阿爸来到我身旁，他见我看得入神，便轻声地说了这句话。我愣了一下，接着就记住了。其实，我并没有完全听懂阿爸的话，问："阿爸，是不是有了风，树叶就掉落下来了啊？"阿爸点头说是。阿爸说着还把手搁在我的小脑袋上，我感觉到阿爸手掌上那层厚厚的茧，像被晒干的土地。我没有说出来，因为我在阿爸眼里看到一丝疼爱和赞赏。我为此暗暗地有了点小骄傲，每当跟小伙伴们在一起，就拿阿爸的话在她们面前显摆。

"树叶掉了就掉了，这有什么奇怪的，整那么多道理干什么，那不就是肚子饿了就要吃饭吗？你脑子是不是傻？"

她们不无嘲讽地说。我顿时哑口无言，脸上烧了起来，一片通红，像掉落的枫香树叶那样。她们对此并不在意，自顾自地玩去了，留下我站在路边发愣，心里犹豫着要不要跟上她们。"你还站着干什么？现在还没到树叶掉落的时候。"我听到她们在叫喊，慌忙追了上去，又跟她们有说有笑起来。

"吹落树叶的不是风，而是秋天。"

几天后，学校的老师这样说。当时，我带弟弟到学校玩，又来到枫香树下看落叶，还捡起几片枯叶在手上把玩，并把阿爸说的道理告诉弟弟。弟弟没听明白，只是傻乎乎地笑着看枯叶。从教室里出来的老师听到了我的话，便走到我身旁纠正我的话。他的说法让我大吃一惊，也让我记忆深刻，心头不由得刮起一阵风，呼呼作响。最后，我相信了老师的话，继而推翻了阿爸的话。虽然阿爸也读过几年书，在苗寨里，他算得上是一个文化人，但是学校里的老师肯定比他更有文化，他们脑袋里装着许多东西，似乎知道这个世间万物存在与变化的所有秘密。阿爸跟他们比，还差一大截呢。而且，我也想明白了，秋天到了，庄稼熟了，树叶枯了，才会掉落，而不是因为刮风。我对学校里的老师充满了崇拜，期盼自己早点长到七岁，

昔日乌英教学点的老师和学生

然后成为一名学生，坐在教室里听老师讲课，那一定是件无比开心的事。

终于，我到了上学念书的年龄，阿爸却从没跟我说起过上学的事，他像是忘了他女儿已经七岁了。有一回，阿爸到乡里赶圩，我想让他给我买书包，便跟在他身后来到村口，小声地提醒他："阿爸，我今年到了七岁没有？"阿爸看了看我，似乎明白我的心思，嘴角抽了抽，没有抽出什么话来，最后潦潦草草地点了点头，脸上露出一丝无奈和无助。果然，阿爸从乡里回来，并没有给我买书包。

尽管如此，在学校开学的那两天，我哪里也不去，安安静静地坐在家里，虽然早就知道阿爸不会给我买书包，也不会牵着我的手走向学校，更不会面带笑容地把我交到老师手上。那两天，我靠在墙角一动不动，似乎也长成一块木板，连午饭都没有胃口吃，心里不停地祈祷阿爸改变主意，然后牵着我的手走向学校。那样过路人都会大吃一惊，他们会问我们父女俩去哪里。我会大声地回答："阿爸带我去报名。"过路人就会投来难以置信的目光。那是多么令人羡慕的场景啊。然而，我在墙角等了整整两天，阿爸似乎都没有看到我，进进出出做着他自己的事。阿妈也一样，我干咳了几声，她都没有理会我。

我沮丧极了。

在之后一连几年的开学日，我都期盼阿爸说："走，我带你去报名。"结果每一次等来的都是失望，最后我和小伙伴们都成了苗寨里的放牛女娃。我们时常一起上山放牛，很多时候我们自己也乐意去，特别是野果成熟的时节，可以边放牛边摘野果。但野果再好吃，也没法抚慰我想上学读书的心。

从那时起，我不再喜欢清晨。每当太阳爬过山顶，村庄变得亮堂堂的，男娃们从家里冒出来，背着书包，穿着拖鞋、凉鞋，或者光着脚丫，在村巷里快速奔跑，像一群逃出栏圈的小牛，把路旁的鸡鸭猫狗吓得四处逃窜，连路人都纷纷给他们让路，站在路旁看着他们奔向学校。每当看着他们远去的背影，我心里总是空落落的。那种时候，我觉得自己像一棵落光叶子的树，孤零零地站在那里。我在心里暗暗发誓，再也不去学校玩了。

我白天不去学校，晚上睡觉时，又在梦里去了，还在梦中跟着别的孩子一起坐在教室里读书。我从梦中醒来后，阿妈就会笑着说："你这孩子，昨晚又说梦话了。"阿妈没告诉我说了什么梦话，我也没有去深究。后来妹妹记事了，有一天早上，她醒过来趴在我耳边说："姐姐，你昨晚在梦里读书呢。"我看着她一脸惊奇，相信她说的是真话，泪水再也控制不住掉了下来。妹妹立即慌张起来，说："姐姐，你怎么哭了？是不是生病了？"我抹掉眼泪说："我没哭，是虫子掉进眼睛了。"妹妹不问了，我也想不明白哭泣和流泪有什么不同，于是用手蒙住妹妹的双眼，强行让她闭上眼睛，那时窗外边落满了阳光，鸟啼满天。

我知道，在村里不只是我不能读书，村里的女娃都不能读，村里人常在嘴边挂着这么一句话："狗不耕田，女不读书。"我不喜欢这句话，怎么能拿女娃跟狗相比呢？我敢保证，只要女娃们也能上学，成绩绝对不比男娃们差。

可我实在太想了解外面的世界了。

"我们爬上冲靓山去看看山外边长什么样吧。"

我有些忐忑地向几个小伙伴发出邀约。我并没有说出心里的真实用意——既然听不到老师的讲解，那就自己去探究。没想到小伙伴们竟然十分爽快地接受了这个建议。大概是因为我们每天都能看到守在村庄背后的冲靓山，但谁也不知道山背后是什么吧。

第二天，我们一大早就穿上草鞋，挎上柴刀，往村庄背后的冲靓山走去。起初，山脚下还有一条被人踩出来并隐约可见的小路，越往上爬，那条路就越难走，爬到半山坡时那条小路干脆消失了，堵在面前的是树木和草丛。有个小伙伴打退堂鼓了，我心里也有些胆怯，但我不想就此放弃："我听学校的老师说山外的世界很精彩，我们只要爬到山顶就能看得到了。"

小伙伴们又来了精神，接着埋头钻过长满荆棘的树丛。很快，我们的手背和脸上被草叶割出了一道道口子。我们在山林里穿来穿去，有时还手脚并用，终于好不容易才爬到山顶，尽管累得快要瘫倒在地，但依然挡不住我们抵达山顶的兴奋之情。

我们来不及歇息，站到最高处对着天空大声叫喊，有几只叫不出名的鸟从眼前飞过，留下一个个匆忙的背影。我们伸颈望去，视线里全是层层叠叠的山梁，向看不到尽头的远方延伸。原来山的外头还是山啊。我们心里顿时充满失落和懊丧，辛辛苦苦爬了大半天，结果发现山外边的世界也不过如此。那时我们身上最后的那点力气似乎被谁抽掉了，再也站立不住，瘫软在地。尽管地面有些潮湿，但谁都不愿站起来。

休息了一会儿，我站到高处远眺，发现远处的山谷飘浮着薄薄的白色雾气，隐隐约约出现了几座小村庄。那些村庄和我们乌英苗寨差不多，村里人都住着低矮的木房子。那些木房子大多建在山谷里、溪流旁，或者建在半山腰上，屋顶有盖灰瓦的，也有盖杉树皮的。我忍不住望向学校的方位。学校也是用杉木建起来的，屋檐上还长着几丛杂草，也不知道它们是怎样跑上去的，站在那里迎风招摇，让人看不惯它们，又除不掉它们。直到教学楼翻新，那几丛杂草才被丢到垃圾堆里烧掉。教室的窗户都是敞开的，竖几根木栏杆，根本挡不住风雨。每到冬天，刺骨的寒风就会灌进教室里，孩子们冻得瑟瑟发抖。然而就是这么简陋的学校，对我来说是做梦都想去的地方。

"你们想不想去上学？"

我坐下来，边问那几个小伙伴，边给她们分发红薯。红薯是从家里偷偷拿出来的，阿妈可能不会发现，也可能会发现。我管不了那么多，心想只要她们吃了我的红薯，就会听从我的鼓动，然后各自回家吵着要上学。要是她们的阿爸阿妈同意让她们上学，我阿爸阿妈自然也不甘落后，也会到乡里给我买个新书包，让我每天清晨都背着去上学。

"上学有什么好？"

她们几乎是不约而同地反问。我没想到她们会这么说。这也太奇怪了。她们不想知道书上都写着什么吗？她们对阿爸阿妈不送她们上学就没埋怨过吗？

"读了书就会认识很多的字，就会知道很多的东西，就会知道很远的地方在哪里，那些地方到底有些什么东西。读了书就会写自己的名字，还会写很多的字，这不是很好吗？"

我不由得激动地说，都快被自己感动得落泪了。她们停止了咀嚼，还没吞咽下去的红薯，把腮帮顶得鼓鼓的，扭过头来瞪着眼愣愣地看着我，似乎从来不认识我一样。她们看了看手里的红薯，终于明白在吃着什么东西。

"读书有什么用，摘野果还能吃呢。"

有个小伙伴说着就站起来，把手里的半截红薯塞进嘴里，用手拍了拍屁股，几片枯草掉下来。"走，摘野果去。"她头也不回地往山的另一边走去。几个女娃跟着站起来，也拍掉屁股上的枯草，然后追上她。

我知道山里有许多野果，可我坐在那里不动，心里不是滋味，什么野果都没有味道。

如今的乌英小学大门旁悬挂着两块牌子，一块是"广西壮族自治区柳州市融水苗族自治县杆洞乡乌英教学点"，另一块是"贵州省黔东南苗族侗族自治州从江县翠里瑶族壮族乡乌英教学点"。教学楼是一栋三层的楼房，外墙涂着白色的腻子，显得干净利落，窗户全装着明亮的玻璃，在群山掩映的木质吊脚楼群中格外显眼。教学楼前是块小广场，既是学校的操场，又是苗寨的芦笙堂。

"这是一所名副其实的'共享学校'！"

驻村工作队的覃书记介绍说。这个教学点目前设有一年级和二年级，其中广西籍学生18名，贵州籍学生6名。从学生人数看，广西籍学生历年比贵州籍多。根据孩子入学情况，教学点开办的年级数也在变化，最多的时候开办到五年级。

乌英教学点，始建于1957年，那时没有一个固定场所，只能流动办学，借用苗寨里一些空闲的房子来上课，既不方便，也不安全。直到1968年，村民们才搭建起一间简易的木房子，学校总算固定下来了。之后几十年，一直沿用这个教学楼，因年久失修，原本就简陋的教学楼更加破烂，尤其是冬天里，更是寒风刺骨，把坐在教室里听课的孩子们冻得瑟瑟发抖，再也无心听讲。2014年，由广西融水苗族自治县教育局出资49万元，贵州从江县无偿提供用地，修建了新的教学楼，2015年正式投入使用。现在，教室宽敞明亮，窗户装有玻璃，再也不担心冬天的寒风了。学校配有电脑、多媒体设备、饮水机等，还建起一个像模像样的图书室。孩子们都喜欢来这里阅读和学习，能够了解山外世界的许多知识。

"广西出资金，贵州出地皮，两省区合力，建成了新教学楼。"老党满脸笑容地说，"现在九年义务教育普及了，乌英教学点同时得到了广西和贵州的支持和帮助，适龄儿童入学率是100%，已经送出将近30名大学生了！"

村里人都相信，因为这所"共享学校"的存在，苗寨里走出大山、改变命运的孩子会越来越多。

苗族人喜爱枫香树，乌英人也不例外。在学校操场旁边，就生长着好几棵枫香树。学校旁的那几棵枫香树从石缝里长出来，树龄有数

崭新的乌英教学点教学楼

百年，高大粗壮，枝繁叶茂，枝条越过房顶。不管在村庄哪个角落，都能看得见。这些枫香树就像一位位看透人间的老者，始终安安静静地站在那里，脸上挂满慈祥，俯视着整个村庄。村里每个人她们都看在眼里，不管是快乐的，还是悲伤的，都逃不过她们的眼睛。村里哪家降临了新生儿，她们知道；哪家有老人过世了，她们也知道。当村里人遇到喜事时，能感受到枫香树的欢乐；当村里遇到悲伤的事情时，也能感受到她们的忧伤。她们懂得村里人的心，每天面露安详与慈悲，无论是大热天，还是大冷天，始终默默地站在那里，没说一句话，但村里人看到她们就感到心安。乌英人在树下砌起石头座椅。平日里，村里人就坐在树下歇息、集会，观看小广场上的芦笙表演。

我们来到梁足英家时，她正在二楼酿酒，那是房子的里间，是她家的老厨房。2017年以来，苗寨里有多户人家拆掉旧房，建起新房；

120 多户人家进行"三改"，即改厕所、改厨房、改牲畜圈舍。梁足英他们将厨房搬到了一楼。以往一楼是用来堆放农具和杂物，以及圈养猪牛的地方，不仅乱糟糟的，还臭烘烘的，都没人愿意在那里待着。现在，他们把一楼的猪圈搬到屋外头，对农具和杂物进行清理和规整，还买来水泥把地面硬化，再安装上玻璃窗户，一楼就变成了宽敞、明亮而整洁的客厅。客厅的布置也讲究，靠墙那边正中央放着电视，旁边竖着电冰箱，方形的饭桌上放着一台电磁炉。墙壁上悬挂着几把小芦笙，既是装饰，又是随手可拿的乐器。卫生间也修建起来了，装有热水器和洗衣机，沐浴用品摆放整齐，看着舒适。曾经上厕所难、洗澡不方便的历史一去不复返了。现在，他们无论是吃饭，还是接待客人，全都在一楼。

最让我感到意外的是，梁足英自己在酿酒，还端着刚酿好的米酒让我们品尝。她向我们介绍起酿酒来，对酿酒的程序烂熟于心，说得头头是道，尽管有些话还不能准确表达，但我们都能听懂她想说的意思。

我们下到一楼，梁足英很快煮好油茶，端到我们面前，于是我们边喝油茶边采访。我直接问："你有没有责怪父母没有把你送去上学？"她用手扯了扯自己的衣角，下了很大决心似的："要说在小时候，心里一点恨意也没有，那肯定是假的，那时就想不明白，他们为什么就不送我去学校读书呢？我那么想读书。"我盯着她的眼睛看，她满是真诚，没有半点虚情。

她沉浸在往事里，此时从窗外透进来的阳光，恰好落在她的左脸上。她的眼角泛着泪光，她似乎不想让我们看到，却又无处躲藏。她不好意思地挤出笑："等我也当妈后，才体会到当父母的不易，对孩子有再多的爱，有时也没有办法。做父母的，只能把那份无奈埋在心底，装出样子也要让孩子看到自己的坚强，想着等孩子长大了，会明白父母的。"

从她的神情里，我知道她早就释然了，于她和她父母来说，在坚硬的生活面前，谁的心里又没埋着伤呢。但令我感动的是，他们总是以乐观的态度面对这一切。

此时，传来了一阵清脆的画眉鸟啼声。

旧课本的温暖

村庄小学里的老师有广西的，也有贵州的。如果不是乌英人，他们就住在学校里。我喜欢那些老师，时不时躲在不远处偷偷地观察他们。他们衣着朴素，干净整洁，满脸慈祥，看起来和村里人也没有太大区别。当然区别肯定是有的，他们的眼睛里比村里人多了一些东西。那些东西像飘在天上的轻柔的云朵，当他们看着某个人时，那些云朵就会飘落到对方心间。我就有过那样的感受，那些云朵落在心间，是轻柔的，温暖的，连绵不断的，像一股清泉从心头淌过。我时常想，那是因为他们有文化吧。那种东西让人感到温暖而激动。

村庄里的女娃们都接受了不读书的命运，我也想就此忘掉这件事，然而学校里的钟声对我有一种神奇的魔力。每当"叮当叮当"的清脆钟声传来，我身体上的肌肉跟着活泛起来，总之就按捺不住了，于是跟阿爸阿妈说带弟弟出去玩。他们不知道我带弟弟去学校，也有可能他们是知道的，只是没有说出来，他们懂得我心里在想什么。

我背着弟弟来到学校后，要是孩子们在教室里上课，我就让弟弟在球场上玩耍，只要他不大声叫喊，不走出我的视线范围就好了，就算他在地上滚了一身泥也没关系，等到回家时再背他到河边用水清洗一下就好了。我就蹲在教室外头的窗户下偷听。路过的人见我蹲在那里，没有人会认为我是在偷听老师讲课，更没有人会认为我是在心里跟着教室里的孩子们一起朗读，他们都以为我在认真看管弟弟，偶尔还取笑我看管弟弟的方式太过简单，让弟弟在球场上滚得浑身上下全是泥，活像一只调皮的小猴子。

"梁足英，你这么喜欢读书吗？"

我被从背后传来的问话声吓了一跳。当时我正靠在教室的木墙外听得入神，没注意到有人站在自己身后，回过头才发现身后站着一位老师。他正紧紧地盯着我，我不敢看他的眼睛，目光掉落在地上，看到一些细碎的粉笔灰，那是从他的身上掉落下来的，有几只小蚂蚁在那里爬行，它们不会以为粉笔灰能当食物吧？我心里一阵慌张，以为是在这里偷听终于被发现了。我越想越怕，站起来拉着弟弟扭头就走，结果他在我们面前伸出手，拦住了我们的去路。

"你不要害怕，不要跑，我送你两本书。"

多年过去，我依然没有忘记这句话。当时我愣在原地，浑身微微发颤。他没有说要我交钱，而是要送我书，这不是我的耳朵出问题了吧？这不是我在做美梦吧？我终于鼓起勇气，抬起头看向他，他清瘦清瘦的，脚上穿着一双橙色的凉鞋。老师脸上挂着温暖的笑，嘴巴微微张开，露出两排牙齿。我还是不敢相信他说的话，正想拉着弟弟往回走，弟弟已经在我发愣时，挣脱我牵住他的手，坐在地上傻乎乎地往脸上抹泥巴，把自己抹成了一只大花猫。我没有笑弟弟，是笑不出来，心里全是担忧。我抬头看向操场旁的枫香树，阳光映照在树叶上，闪出一阵阵温暖的光。我终于相信眼前的情景是真的，不是虚幻的梦境，感动得快要哭出声来。老师转身走上教学楼，是慢慢地走上去的，刻意放轻脚步，生怕影响正在上课的孩子们。他很快就从楼上走下来，递给我两本翻烂了的旧课本。我没有伸手去接，是不敢接，尽管心里早就想拥有属于自己的课本，现在课本递到了面前，竟不知怎的，就是不敢伸手去接。

"这书旧是旧了点，里面的知识是新的，你拿回去看，有时间我可以教你。"

他把书强塞到我的手里，脸上依然挂着笑容，他眼里飘着的云朵轻轻地落在我的心间。我本想拒绝的，因为没经过父母同意，不能乱拿别人的东西，这是很不礼貌的事。但我的手不听大脑使唤，紧紧地握住那两本书，身体也跟着哆嗦起来，不是因为害怕要交钱，而是因为拥有课本而激动。我连道谢的话都忘了说，拉着弟弟转身就跑。弟弟还没玩够，死活不想回去。

我急了，就重重地拍了他一下，他哇地哭了，我也跟着哭了。他是委屈地哭，我是焦急地哭。弟弟不敢再闹，怕我再次打他，就乖乖地爬到我的背上。我背起他飞快地往家里跑去，生怕跑慢了，老师会反悔，把书要回去。我从来没觉得背上的弟弟那么轻，像是没有重量一样。我背着弟弟回到家，才发现身上出了许多汗，衣服都湿透了，累得气喘吁吁。阿爸和阿妈不在家，不用说，他们又上山去干活了。他们每天都这么劳累，日出而作，日落而归。我用脸盆打来水给弟弟洗脸，拍掉他身上的泥巴，然后才小心翼翼地翻开书。书里密密麻麻的文字，我一个也不认识，但心里美滋滋的。这是我的书了，真真切切是我的书了。我从墙角找来一张旧报纸，把书的封面包好，然后小心翼翼地藏在床底下，不让阿爸阿妈知道。

不知怎的，自从老师送给我两本旧课本后，我再也不敢像以前那样大胆地去学校了，每回背着弟弟来到学校前的路口，先是紧张地东张西望，确认教室外面没有人，更准确地说，确认外面没有老师和孩子们的身影，确认他们都在教室里，我才悄悄地走过去蹲在墙角，偷听老师上课。快要下课时，我背上弟弟就往村巷里跑，躲在村巷的角落里，偷偷地观察学校里的动静。

下课钟响了，孩子们呼喊着涌出教室，在那块不大的球场上追逐嬉闹，快乐的笑声像一群被惊醒的画眉鸟，黑麻麻地飞过村巷。有时他们面对枫香树的方向排成队，站得整整齐齐，脖子上系着鲜艳的红领巾，在阳光下闪着耀眼的光芒。老师站在枫香树下的岩石上，嘴里喊着"一二三四，二二三四"，孩子们跟着老师的节奏，整齐划一地做体操运动。弟弟看到了，挣扎着滑下我的背，站在村巷里模仿他们的动作，好像一只掉进水里的笨猫。我没有笑话他，也没有纠正他，因为我心里也在模仿。有时我站在那里看得入迷，当看到老师向村巷这边看来，立即慌慌张张地拉着弟弟走开。我不知道老师有没有注意到我，我既希望被老师看到，又不想被老师看到，心里充满着矛盾和怅惘，像一只找不到落脚点的画眉鸟。

　　那个时候的我对读书十分迷恋和向往，迷迷糊糊，懵懵懂懂。那种感受就像是面前飘着雾气，看不清前方，却又感觉有什么东西若隐若现。那种东西很是迷人，让人慌张和忐忑，时刻想走过去探个究竟。我想这应该就是书本所散发的魅力吧。别的孩子总拿这件事取笑我，说："我们天天坐在教室里都学不会，你拿着旧课本还能学什么？"我不想听这话。倒是弟弟时常吵着要去学校，因为那里总会聚集着一群孩子，弟弟喜欢和他们一起凑热闹。他吵得太欢了，我才不得不带他去，把他放在操场上，然后躲在僻静处时不时地探头看一下，等他玩够了才把他带回家。

　　一天下午，那位老师从村巷里走来，那时我光顾着看操场上的弟弟，没有注意身后站着老师。当我回头看到他时，想躲避已经来不及。"梁足英，又在照顾你弟弟吗？"他看了一下操场说，"很久不见你来学校了呢，下课的时候，你都可以来问问题的。"

　　我站在那里不动，紧张得不知把手放在哪儿好，最后搓着衣角，低下头没有说话，其实是不知该说什么。我知道他是好意的，是真心想教我认字的。虽然我只是瞥了一眼，但还是看到了他眼里飘着的云朵，只可惜他并不知道我即使不懂也不愿问老师。如果非要向人求教的话，我每天都可以在家里问阿爸。阿爸读过书，在村里算得上是有文化的人，眼里也飘着读书人特有的那种云朵。阿爸那个年纪的人，没几个读过书，大多数都没文化，不管是男的还是女的。阿爸被乡里聘为代课老师，在党鸠村教过几年书，可惜后来他不教了。

"我不是被开除的，我是自己辞职的。"

阿爸说这话时，语气里有些遗憾，更多的是无奈。阿爸工作认真，学校领导挽留他，不舍得他离开，劝他再坚持坚持，等待机会转正，成为公办教师。"后来我还是辞职了。"阿爸轻轻叹息着说，"我是没办法，那时你们阿妈一个人，没办法养活你们。"那时阿爸工资很少，每天忙着上课，帮不了阿妈什么，也根本养活不了我们。阿爸还当过几年村干部，也是因为这个原因，最后他也辞职了。

阿爸的事我是知道的，听阿妈说过，也听村里人说过，他们都为阿爸感到惋惜。阿爸只有在酒后，或者接受采访时，才会把这些事说出来。那时他脸上挂着憨笑，似乎在掩盖内心的失落。

"你看看，我和你阿爸，不是也这样？"阿妈面带笑容地说。阿妈脸上总是挂着笑，无论多么艰难，她脸上都会露出笑容。很多时候，我猜不透阿妈的心思，比如这句话，我就猜不出来，不知阿妈是在说她没念书，不也和阿爸过着恩爱有加的生活，还是她用阿爸的事来劝我，就算像阿爸这样有文化的人，也不过是这个样子，还读书干什么呢。

就这样，关于课本上的知识，我不愿问阿爸，也不敢问。这实在是件困难的事，像阿爸这样有文化的人，生活也不好过。阿爸每天起早贪黑，一大早就上山干活，天快黑了才回家，靠在椅子上，没多久就打起呼噜，这是给累的。直到阿妈做好饭了，弟弟妹妹才摇醒他。我不忍心再缠着他，而且他也没有这个意愿，至少他从来没跟我提起过。

有一天，弟弟竟然爬到床底下去玩，把老师送给我的课本捞了出来。他拿着书，靠在墙角，胡乱翻着。我都没看懂，他更看不懂了。我就叫他把书还给我。他不给。我只好走过去抢夺。弟弟的脾气也上来了，我越想抢夺，他就越不还给我。那时他脸上的鼻涕爬了下来，滴落到课本上。我把他按到地上，拍打他的屁股，发狠地打，连手掌都酸疼了。弟弟"哇哇"大哭起来，鼻涕眼泪爬得满脸都是。我这才从他手里夺过课本，拉开家门就往外跑，顺着屋后的小路爬上半山腰。阿妈拿起扫把追着我打，但她的腿脚笨重，始终追不上我，干脆把扫把丢在地上，双手叉腰改用骂声来追。我躲到树丛里独自落泪，面前的树枝上爬着虫子，胖乎乎，闪着绿光。我害怕极了，却不敢挪动身子，担心被阿妈发现。

傍晚时分，阿爸从小路上爬上来，一路呼喊我的名字。阿爸的脚步越来越近，我躲在树丛里没有动弹，其实我很想从树丛里站起来，告诉阿爸我在这里，可我的腿就是不听使唤。我看到阿爸从面前走过，他没有发现我躲在树丛里，他那瘦小的背影在阳光下晃动，让我看了心酸。阿爸的呼喊里夹带着焦虑，他一定在为我担心。

"呜呜呜……"

我忍不住哭起来，阿爸顺着哭声找来，把我从树丛里扶起，然后蹲下身来，说："不哭了，我背你回去。"我是不想让阿爸背的，可身体已经趴在他背上，阿爸直起身，用手托住我的腿，慢慢地往山下走去。我已记不得阿爸有多久没这样背我，我趴在他背上默默流泪，那是委屈的泪，也是幸福的泪。我觉得阿爸那瘦小的背，像是一座坚实的大山。

弟弟到了上学的年纪，阿爸一大早就送他去学校报名。从此，弟弟每天早上爬起来，喝两碗油茶，便背起书包出门，顺着狭窄的村巷奔向学校。有些天他赖床不起来，我二话不说就抽打他屁股，他哭着去向阿爸阿妈告状。阿爸阿妈自然不惯着他，他们知道我多么想读书却不能去读，见到弟弟不珍惜学习的机会，能不教训吗？弟弟不再哭了，乖乖地背着书包出门，刚走到村巷里又满脸欢笑了。在那时，我突然感觉自己长大了，那是一种奇怪的感觉，人怎么会突然之间就长大呢？那是不可能的。我想这种奇怪的感觉，大概来自上学的弟弟。我每天早上都会站在家门外，目送他背着新书包走下斜坡，跨过坡底的那条小溪流，往不远处的学校跑去。书包在他屁股上左右摇摆，像是里面塞了一只不老实的猫似的。书包是阿爸特意到乡里买的，不知道花了多少钱，阿爸不是胡乱花钱的人，但他舍得给弟弟买新书包。我爱弟弟，盼着他好好念书，将来考上好学校，毕业后成为学校里的老师那样的人，跟他们一样当上国家干部，每个月都能领取工资，就不用上山干农活，不用被太阳晒、雨水淋。我虽然那样想，可心里还是很难受，像吃了什么馊了的东西。

晚上，等弟弟玩累了，钻到被子里睡下了，我就悄悄地拿起他的书包，背到肩上想象着自己去上学的模样。有一天晚上，我正背着弟弟的书包，在房间里走来走去。弟弟突然从梦中醒过来，揉了揉眼睛，看到我背着他的书包，问："姐姐，你背着书包要去上学吗？晚上也有老师上课吗？"我慌忙把书包解下来，说："你书包有灰尘，我帮你擦干净，赶快睡，明天早起去上学。"弟弟"哦"了一声，又倒头睡去。

弟弟是个懂事的孩子，善良又聪明，他没把这件事说出去。他知道我渴望读书，每天从学校回来就告诉我："姐姐，今天老师又教了好几个字，我教你读好不好？老师说你很想读书。"我的脸立即发起烫来，装出生气的样子："你再胡说，看我不撕你的嘴，我才不想读书呢，你到学校好好读书就好了。"弟弟被我吓坏了，连忙用手捂住自己的嘴巴，生怕再发出什么声音来。我不再想着上学读书的事，可老师送给我的那两本旧课本，却时不时出现在梦里，温暖着我。

聊起梁足英上学的事，老党沉思了好一会儿，说："在上世纪80年代之前，乌英重男轻女的观念很严重，女孩都不送去读书，要留在家里帮忙，照顾弟弟妹妹，做家务，干农活。最主要的是，那时家里实在太穷了，每户人家都差不多，大家连饭都吃不饱，实在没有多余的力气供所有的孩子上学。"

我机械地点了点头，竟不知该如何安慰他。

梁英迷见状，说："家里太困难了，我阿妈不得读书，我不得读书，我女儿也不得读书，我们一家三代女人都不得读书，我们都太苦了，我七岁就上山放牛，我女儿也是七岁就下地干活了。"她的声音有些哽咽，眼里闪烁着愧疚和不安。看得出来，她说到自己的痛处了，伤心了。

梁英迷小时候被"狗不耕田，女不读书"这句话困住，当她成为母亲时，又眼睁睁地看着女儿被困，在她心底同样埋着伤，同时也埋着读书梦。我理解了为什么她七十岁了还要学习普通话，因为她不仅渴望跟山外人交流，也渴望跟内心的自己交流。在苗寨里，有些人不理解她的行为，都这把年纪了，还学来干什么呢？她笑着说："我不理会别人说什么，现在生活好了，有条件可以读书了，为什么不读呢？我就想做自己喜欢的事，那才快乐呢。"

在她身上，我似乎听到"滋滋"的生命成长的声音。

男娃读书也不易

在乌英，上世纪70年代出生的人，不仅女娃不读书，连男娃也没有多少人能上学读书。即便那些男娃能上学，也多半会因为这样那样的原因中途辍学回家，跟着村里人挎着柴刀、扛着锄头上山干活。辍学的原因大体是相同的——家里困难，实在读不下去。

当然，也有的孩子是自己吃不了读书的苦，才离开学校的。那时村里人看着那些不读书的孩子到处乱窜，像一群没人照看的牛犊，也没觉得有什么不对。对深山里的孩子来说，反正人生本来就是那个样子，生在深山里，死在深山里，读不读书，结果都一样。在村庄里最先意识到文化知识的重要性，渴望拥有文化知识的年轻人，要数堂弟梁秀平。在同龄人中，数他的学历最高。即便如此，他也只不过是刚念完初中而已。

苗寨并不大，村子里也没有多少孩子上学，之前村里的小学只教到三年级，然后就得去党鸠村小学读四年级，再到乡镇中心小学去读五、六年级。现在想想，才十一二岁的孩子，什么都还不懂，就不得不独自到十几公里外的乡镇读书，在那里住宿，遇到的困难可想而知。从村里步行到乡里，走过崎岖的山路，要花上三个多小时，而且还得背着柴火、大米和油盐去学校。仅仅是这一点，就难住了不少孩子。我时不时在想，如果那时我也有机会读书的话，恐怕也不敢独自走山路到乡里去。

梁秀平是个例外。

他特别喜欢读书，成绩也好，周末用小小的肩膀挑着柴火、大米和油盐走在崎岖的山路上，也乐呵呵的。每回要步行三个多小时才能到乡里的学校，他累得像浑身散了架似的，可他热爱读书的劲头远远超过这些劳累。开始的时候，跟他一起到乡里去的小伙伴有好几个，可是没过多久就少了一个，再过一段时间又少了一个，不管他怎么劝，他们都不愿再去上学。念到小学毕业时，苗寨里还坚持读书的孩子就只剩下他一个人了。

1993 年，他考上了初中，成了乌英第一个考上初中的孩子。之后，他独自一人到很远的融水县城读初中。在那里，他认识了更多的老师和同学，更加明白文化知识的重要性，也渐渐地明白乌英落后的原因是这里的人大多数没有文化知识。他梦想着要考上高一级的学校，要用知识来改变命运。他初中毕业后，还想继续读高中、考大学，但家里实在拿不出供他上学的钱。那时他们家有七口人，连温饱问题都没有解决。

"我把房子拆了，卖木头换学费。"

他在家人面前撂下狠话。他阿爸对此沉默不语，并不是不想供他继续念下去，而是家里实在没有别的办法，知道他心里难受，没有责怪他，但也不知如何开导他，于是就任由他去折腾。他到村里跟亲戚借钱。人们都同情他，也都鼓励他，却没人能把钱借给他。也不是人们不想借，而是整个乌英，每家每户都很困难，连粮食都不够吃，更别说有余钱借给他了。

于是他拿出斧头到溪边去磨，"霍霍"的声响传来，人们从中听到他心头的埋怨。最后他提着锋利的斧头来到他们家的自留地里，那里有一棵棵高大笔直的杉木，都是上好的木材。他抡起斧头，却突然停在半空中，久久没有砍下去。他想，就算把树木砍倒了，又怎么搬到山外去卖呢？搬运这些木头的费用比木头本身还贵。最后，他靠在一棵杉木下发愣，呆呆地望着围困苗寨的大山，大山向不知尽头在哪儿的远方延伸而去。那时他觉得，四周的大山像铁桶一样把这个苗寨困在里面，苗寨被山外的人给遗忘了。有几只白色的鸟从他眼前扑扑飞过，最后钻进不远处的树丛里，再也没了踪影。他想，就算自己是鸟，拥有能够飞翔的翅膀，也要不断地扇动翅膀，才有可能飞出这片山林，何况他那小小的肩膀连树木都扛不走。他不由得泄了气，眼角淌下两行泪水。

"不读了，以后再也不想读书这件事了。"

他在村子里折腾了一个月后，知道实在没钱去读书，实在改变不了窘迫的现实，不得不把读书梦埋在心头。他打算到外地打工，他阿爸给他凑足了路费，那都是找亲戚东拼西凑借来的。

在苗寨里，像他这样的男娃很多，大多是因为家里困难，最后都选择中途离开学校。不过像他这样不甘失学的并不多，男娃到了十五六岁，相当于男子汉了，开始承担家庭的重任。

弟弟梁秀前也是那样，读到一半就被迫辍学了。弟弟是个聪明的孩子，1994 年升学考上初中。当他准备念初二时，阿爸告诉他家里没钱供他继续念书了。那时学费是 183 元，家里实在拿不出来。弟弟当时就愣在那里，他没想过自己就这样没书读了。弟弟心里很难过，阿爸阿妈心里也不好受，可家里还有几个弟弟妹妹要养，全家连饭都不够吃，哪里还有多余的钱供他去上学呢？那些天弟弟总是一个人跑到山坡上，站在某个高处，呆呆地看着天上的浮云。我们想去安慰他，却又不知怎么安慰。

有一天，我带着妹妹到山上去砍柴火，我们挑着柴火往山下走，刚走到半路，天突然就下起雨。我们躲在树下避雨，想起阿爸说过下雨天不要躲在树下，雷电容易打到树上，躲在那里很危险。我咬了咬牙，挑着柴火，牵着妹妹冒雨走下山。

"姐姐，哥哥，哥哥在那边。"

妹妹突然叫喊起来。我抬头看去，弟弟正站在一棵松树下发呆，他一定又在那里想着读书的事。我想叫他，张了张嘴，最后没有叫出来。我心疼他，也想他能够读下去，可我也没办法帮到他。弟弟看到我们，转身往山上跑，没跑多远，又折身跑回来，没几下就跑到我们面前，话也不说就背起妹妹往山下跑去。

我们三个像落汤鸡似的回到家，阿爸和阿妈睁大眼睛看着我们，弟弟把妹妹放下来，脸上还挤出一丝惨笑，然后转身回到房间去换干净的衣服。阿爸和阿妈不明白发生了什么，站在那里发愣，直到妹妹说好冷，阿妈才回过神来帮妹妹去找干净的衣服。没过几天，弟弟就离开苗寨到外边打工去了，成了苗寨第一批外出打工的年轻人。

一对乌英夫妇坐在我面前，他们是梁秀平夫妇。梁秀平已过不惑之年，看起来是个精明干练的人。他在带领群众脱贫的路上两次病重入院，康复后又继续投入工作，赢得村民的赞扬与敬佩。在乌英，与他年龄相仿的人中，要数他的学历最高，但也不过是初中毕业而已。他爱人叫潘妹秋，和当地很多妇女一样，小时候没上过一天学。现在，她在夜校班学习，会说普通话，也识字了。她坐在一旁忙碌着，没一会儿就打好了油茶。

梁秀平淡淡地说："那时乌英实在是太封闭了，大家都没有文化，也都没有意识到知识的重要性。"他回想起往事，脸上现出既惋惜又无奈的神情。我停下笔，抬头看他，问："你是村里第一批外出打工的吧？"他扭头往窗外看去，此时有几只鸟雀飞过，在阳光中划出几道弧线。好半晌，他才把目光拉回来，说："是的，那时我到外边打工，是带着埋怨出去的。两年后，我回来结婚过日子，就再也没有外出务工。"我翻看资料，上面写着梁秀平在二十一岁时被选为村民小组长。在苗寨，一般都是德高望重的寨老才能成为"当家人"，而人们都相信他这个能读到初中毕业的人。他从当年的"娃仔小组长"，渐渐成长为苗寨带头人。我合上资料，问："你是因为被村民选为小组长，才不再外出打工的吗？"他笑了笑说："也有这个原因，成家了，我也开始理解了我父亲，他尽力了，当时大家都很穷，想借钱都没处借。"

上世纪 90 年代中后期，乌英人才开始陆续外出务工。在家务农的梁秀平依旧找不到摆脱贫困的路子。他儿子梁贞出生后，到了读书的年纪，又开始沿着自己当年走过的羊肠小道去求学，他不由得愁上心头。

"2009 年，我们新一代乌英年轻人吴辉忠，成为乌英苗寨第一个大学生。那孩子摆升学宴那天，全村的画眉鸟都在啼叫，像是商量好似的，很是奇特。那天村里人还拿出芦笙，在学校小广场上吹奏，村里人都为那孩子感到高兴。这个贫困落后的苗寨也能走出大学生，这让我看到了希望。我暗暗下决心，一定培养好孩子，让他走得比我更远！"梁秀平道出他的心愿，"我是有底气的，党和政府对民族地区教育的重视、义务教育的普及、教育精准资助等一系列教育惠民政策的落实，使读书不再像以前那么困难。现在不是读不读的问题，而是读得好不好的问题。"

他对儿子严格要求，还将自己未曾完成的大学梦寄托到儿子身上。他儿子读懂父亲的心愿，刻苦学习，终于不负众望，于 2019 年夏天收到了大学录取通知书。他们一家人像高寒山区的杉木一样，通过三代人数十年的接力，终于实现了大学梦。

山外来声

　　说实话，我们孩子这代人，比我们要幸运得多。现在普及九年义务教育了，只要到了上学年龄，你不想读都不行。女儿到七岁时，我和丈夫送她去学校。丈夫再三交代老师："要是不听话，您尽管教育。"我心疼孩子，但赞同丈夫的话。

　　女儿上初中后，学习就不认真了。我和丈夫忍着脾气，耐着性子开导她。她不服气地说："读那么多书干什么？你看看许多女孩，连初中都没读完，不也照样到广东打工挣钱！"丈夫火了："你还不知道社会的残酷，在学校里就要听老师的话认真读书，不然等你长大成人了，后悔都来不及，这是为你好。"她哼哼冷笑两声，不以为然。

　　"你要考医学院，以后当医生！"

　　我突然吼起来。女儿被我突然的吼叫吓住了，她愣在那里，呆呆地看着我，发现我真是急了，才胆怯地点了点头。从那之后，她变得乖巧起来，认真对待读书这件事。可是后来女儿并没有考上医学院，而是读了职业学校。女儿毕业后，就到外地打工了，然后嫁到了外地。

　　我和丈夫坐了很久的车去看望女儿，和亲家坐在一起吃水果聊天，可是我们互相听不懂对方的话，我说我的，她说她的，就像鸡同鸭讲，连丈夫也听不懂他们的方言，可又不能不讲，不讲话就会冷场。女儿就给我们当翻译，我们才知晓对方在说什么。

这样的尴尬还时常遇到。有一回，我要到另一个村庄走亲戚，要从杆洞乡搭乘班车过去，那个村庄在半路上，我要在半路下车。这种情况我是很担心的，不像坐到融水县城的车，只要坐在车里，等着车子最后停下来，县城就到了。要在半路下车，就要把握下车的时机。在车子出发之前，我跟旁边的人说，到了那个村就告诉我，我要下车。可是没有人应答，我也就不再问了，猜想旁边的人可能听不懂苗语。如果让别人知道我连普通话都不会说，这是件很丢人的事。我只好一路睁着双眼，注视着窗外的山坡和树木。记得在那个路口有一棵大榕树，我想只要看到那棵大榕树就可以下车了。可是我又晕车，靠在座位上昏昏沉沉的，又不得不拼着命让眼睛不要闭上，后来实在坚持不了，就稍微眯了一会儿，谁知道就那样睡了过去。等我醒来时，车子已经过了那个村庄了。我连忙让司机停车，却听到车上有人说苗语，那他怎么不告诉我一声呢？可能是别人没听清吧。我来不及生气，马上背着布袋下车，沿着马路往回走。在半路上遇到干农活的人，我就走过田埂去问路，他们很热情地告诉我怎么走，还要走多远。那回我一路走一路流泪，因为语言不通而受尽委屈。

最让我感到无助和不安的，是到医院去看病和拿药。先从村庄走到乡里，再从乡里搭乘班车到县城，身体本来就不舒服，又这么一路颠簸，晕车呕吐，别说是病人了，就是没病也会弄出病来。来到医院时，精神就更差了。医院里的医生和病人来来去去，我不知该到哪个窗口排队，只好厚着脸皮去问人家。很多人都听不懂苗语，有些人虽然听得懂，可他们本身也是来看病或者陪人来看病的，有时候也顾不上帮我。当时心里很无助，又没有人能理解，就像小时候看着别人上学，自己却只能在家里看管弟弟妹妹。

最后总算问到听得懂苗语的医生，那是医院特地安排的人，专门帮助像我这种听不懂普通话的病人或家属。那时在医院里听到苗语，像遇到亲人那样亲切。在医生的帮助下，我先挂号，再到急诊室外排队等候检查。谢天谢地，给我安排的主治医师会说苗语，他问什么，我都能答上来，不然怎么告诉他到底哪里不舒服呢。

检查完后，医生说我不需要住院，拿着开好的处方到收费窗口去交费就可以了。收费员告诉我要交多少钱，我又听得半懂不懂，好不容易才把钱交完，就到住院部旁边的操场那里等待医生把药送去。在操场上已经站了不少人，都跟我一样不会说普通话，也听不懂普通话。大家礼貌地用苗语交谈，问对方是哪里不舒服。不少人连得了什么病都说不明白，其实我也一样，不大明白到底得的是什么病。那时有种奇怪的感觉，我们明明站在空旷的操场上，周围却有看不见的高墙围困着，怎么也逃不出去。那种感觉让人心慌和不安。

2013 年起，从山外来的人越来越多，他们来苗寨向我们宣传和讲解发展政策，有的说苗语，而更多的是说普通话。每回我们都去听，看起来很热闹，但像我这样的妇女，根本听不懂。结束后，我就去问听得懂的人，才大概知道讲的是什么。每每看到从山外来的人，知道他们是来帮助我们的，又觉得跟我们没有关系。我们不敢跟他们说话，因为听不懂他们说什么，他们也听不懂我们说什么。"鸡同鸭讲"这个词，用在我们身上再合适不过了。

记得有一回，从南宁来了一支工作队，他们来为苗寨办好事实事。末了，村支书邀请带队的女领导上台讲话。女领导身材高挑，很有气质，就像电视里那种读过书，有知识、有文化，又能干的女人。她面带微笑，说："大家好！"这句我听得懂，看到大家在拍手，我和身旁的妇女也跟着拍起来。接着，她又讲了不少话，我们一句也听不懂了，只觉得她的声音有磁性，很好听。我们假装听得懂，不时用余光注视着村支书，只要他微笑，我们也跟着微笑；当他抬手鼓掌时，我们也跟着鼓掌。这种笨拙的办法，我们之前就用过，不然一个个像木头人那样坐着，人家还以为我们没有礼貌。虽然我们听不懂，但我们是真的高兴，因为知道讲的肯定是好事。送走工作队后，我们就围住村支书，让他帮忙翻译带队领导的话，他就给我们讲了个大概。末了，他半开玩笑地说："你们真的一句话也听不懂？"我们就哈哈地笑着说："我们听得懂'大家好'这句。"其实，我们内心都很自卑，连普通话都听不懂，只能用笑来掩盖。村支书脸上挂着无奈的笑，他抬头仰望天空，喃喃自语："得想办法解决这个问题。"

2017 年，扶贫工作队带了一帮人来到苗寨。其中有个年轻的姑娘在讲解，脸上始终挂着笑，很是好看，可惜我听不懂她在说什么。结束之后，我连忙问阿爸，才知道他们准备在村里成立水果种植专业合作社。这是个新鲜的东西，我很想再问仔细点，可阿爸也不清楚合作社是怎么个合作法。我隐隐感觉到这与生活息息相关，却只能干着急。

后来，村支书又给我们解释了半天：由公司出技术和资金，农户出土地和劳力，种出来的水果成熟后全部由公司收购，不用为销售问题发愁。最后，苗寨里有 20 户贫困户加入合作社，在公司派来的技术员的指导下，种下百香果、蟠桃、春橙和夏枣等果苗。

每当技术员讲解要领时，我都挤在旁边听，可惜什么也听不懂，又不敢站得太远，生怕漏掉什么内容。我只能从他们的表情和动作，猜测他们所讲的内容，可我心里还是不踏实。山外来的人越来越多，像是一条流到苗寨里的河，我因为不会说普通话，成了不小心掉到河里的人，被河水裹挟着往前流去。人们越往我面前走来，我反而觉得离他们越远。

"我想读书……"

夜晚吃饭的时候，我忽然对着丈夫这么说。我也不清楚这句话是怎么说出来的，而且还有后半句话没说。丈夫一时没有反应过来，只是惊讶地看着我。我懂得他的心思——这句不是玩笑话，可是又成了笑话：到哪里去读呢？这的确是个问题，只是读书的念头就像一颗种子，埋在了心底。我清楚，现在对读书的渴望，跟小时候不同，那时只是单纯想读书，而现在却是生活需要。

　　我能想象得到，梁足英因为没文化，在生活中遇到的种种尴尬，因为我母亲也和她一样没读过书，在跟人打交道时闹过不少笑话。

　　卜胜昌从屋外走进来，我盯着这个当过兵的男人，他似乎明白我的心思："我吃了没文化的亏，在部队提不了干，就申请退役。我被安排到柳州的水泥厂，本来那是件好事，在三十多年前，有一份稳定的工作，能糊口，也是满意的。"我不解地问："那后来发生了什么？"他挤出苦笑说："面对新岗位，我是做足心理准备的，可在工厂工作，困难还是超出想象，那里跟部队完全是两个世界。"

　　起初，卜胜昌在水泥厂里做体力活，还能勉强应付。后来，他负责搬运货物，需要登记与核算，就彻底没辙了。他摇了摇头说："我不会算账，不识字，也看不懂各种表格和合同，工作就做不下去了。我怕耽误厂里的工作，给国家造成损失，后来我就辞职回了乌英。我知道你想问我对足英读书的看法。"

　　他是个观察敏锐的人，一下子说中了我关心的问题。

　　"你是知道的，现在的农村跟以前不一样了，这些大山已经阻挡不了外面的信息，但没有文化，几乎什么都做不好。现在已经不是想不想学的问题，而是能不能学好的问题。当足英说她想读书时，我起先是有些惊讶的，虽然她有进取心，但我们并不知道可以去哪里学。幸好后来苗寨办了夜校班。"

　　我了然地点了点头。

2 课堂里的妈妈

双语双向

2017年底，庄稼都已经收到屋里了，枫香树挂满红叶。那是枫香树最好看的季节。从山外来的人都喜欢到枫香树下拍照，黄记者也不例外。

起初，我以为他和别人一样，扛着相机在苗寨里瞎转，四处拍几张相片，问些人和事，最后拍拍屁股走人，再也不回来。所以，我们这些妇女远远看到他，都会下意识地躲开。可是，这个从南宁来的记者，长久地住下了，还一连住了好几年，除了外出工作，都快把苗寨当成自己家了。久而久之，我们对黄记者产生了信任，虽然语言还是不通，但我们也不怕跟他见面了。

一天下午，阳光明晃晃的，我、潘葵迷和吴妹富从山上回来，在村外遇到黄记者，他刚拍完在溪里戏水的孩子。他看到了我们，就直起身来打招呼，还说了些什么。我们只听懂了"你们好"这句话，其余的就不知道他在说什么了，于是我们就用苗语来回应他，然后轮到他站在那里发蒙，连拖在地上的影子，看起来也傻乎乎的。这是个很有趣的事，我们和黄记者相互认识，知道对方是什么人，结果我们却都听不懂对方在说什么，只能从对方脸上的表情来猜测。当看到他摇了摇手中的相机，就猜他想给我们拍照，于是连忙整理好衣服，还理了理被风吹乱的头发，大大方方地站在那里，还用苗语问他该怎么站。这句苗语他倒像是听懂了似的，微笑着走到我们身边，用手拉着我们站好，接着他才把镜头对准我们，不停地按着快门。当他离开后，我想起什么，说："我们是不是误解黄记者了？他可能不是想给我们拍照，见到我们摆出姿势，才被迫给我们拍的。"她们俩不由得一愣，相互看了看，突然发出一阵爆笑。在溪里戏水的孩子纷纷看过来，我们笑得更大声了。我们用笑声掩盖内心的尴尬。

我们听不懂山外人的话，山外人也听不懂我们的话，相互交流就成了问题，这个问题连我们这帮妇女都意识到了。这些年，每年都有驻村工作队队员来到村里，有的会说苗语，能够跟我们相互沟通；而有些不是本地人，压根就听不懂苗语，他们说什么我们听不懂，我们说什么他们也听不懂，明明就站在面前，却像活在两个世界里的人，中间隔着一堵看不见的墙。因此，那些从外地来苗寨驻村的工作队队员，他们走村入户时，身边总少不了一个能听得懂苗语的人帮忙翻译，不然他们在苗寨里做工作，就如同盲人在行走。这样的话又带来了另一个问题，原本一个人就能完成的工作，现在需要两个人去做，这都是语言上的障碍造成的。怎么解决这个问题呢？我居然也思考起这样的问题。丈夫笑着说，这不是我该管，也不是我能管的事。这我是知道的，我也知道覃书记他们会有办法。

果不其然，驻村工作队和村"两委"干部也意识到这一点，他们就商量怎么解决这个问题。后来我才知道，他们为了解决这个问题，先后写了许多相关的材料上报，申报在苗寨举办普通话和苗语培训班，既让我们这些妇女学会说普通话，又让外来的驻村工作队队员学会苗语，这样就能消除交流上的障碍。

不久，柳州市民宗委的领导来到我们苗寨，他们来这里调研苗寨说普通话的情况。那时我才知道市民宗委有位吴大姐，她是杆洞乡本地人，平易近人，没有一点领导的架子。记得那是 2019 年 12 月，山里的天气已经转凉，吴大姐一行来到乌英，她穿着一件浅绿色羽绒服，脚上穿着运动鞋，大概是为了便于走山路。她也是苗族人，从小在杆洞乡长大，会说苗语，受益于党和国家的民族教育政策，读了民族高中班，后来考上大学，毕业后回到融水县工作，并一步步成长为民委系统的干部。

"我比大家幸运一些，要是不读书，我现在也不会来到这里。现在回想起来，那段读书的经历是最难忘的。今年 9 月，我到北京参加了全国民族团结进步表彰大会。我们各民族要手挽着手、肩并着肩，共同努力奋斗。我们乌英一寨跨两省区，村民和谐共处，就是民族团结进步的具体体现。现在是脱贫攻坚的关键时期，乌英还有相当一部分村民因语言问题，与外界交流不畅，制约了我们脱贫致富的进程。'扶贫先扶智，扶智先通语'，就是说扶贫先要扶思想，扶思想先要扶语言。学会普通话，对扶贫工作来说很重要，要实现可持续脱贫，'双语双向'工作意义重大。现在生活越来越好了，有时间和精力学习了，大家要珍惜这个机会，学好普通话。"

吴大姐站在枫香树下讲话，枫叶在头顶"沙沙"作响。她先用苗语讲，再用普通话讲。我第一次听到领导讲话这么生动，不由得心潮澎湃，情不自禁地鼓掌。不知怎的，那些从县里、乡里来的领导，只要用苗语跟村里人交流，我就感觉我们之间的距离一下子拉近了，像见到分别很久的亲人。我们一下子就跟吴大姐亲近起来，愿意听她讲话，也乐意把心里话说出来。

"我们早就想读书了。"

散会后，我走到吴大姐身边说。她咧着嘴笑着说："'双语双向'培训班，不仅要教不会说普通话的人说普通话，还要教不会说苗语的干部说苗语。等你们学好了普通话，就能当那些干部的老师啦。"我心里不由得有些得意，干部们教我们学习普通话，而我们也能当老师教他们说苗语，双向学习嘛。

吴大姐说："大家要好好学习，把错过的机会补回来。"

我们愉快地答应。有些东西能补，有些东西再也补不回来了，可心里有什么东西在滋长。之前，我在阿妈家的火塘旁，见到阿妈学习普通话，心里也是这种感受。

吴大姐说："大家一定要认真学。一个母亲，对整个家庭的影响是相当大的，也是相当深远的。改变我们的思想，就能影响到下一代，甚至几代人的思想与意识。"

听了这番话，我心里暖暖的。她在乡村成长，又在乡村工作多年，了解和理解乡村。她的话说到了点子上，母亲对子女的影响是深远的，会影响一辈子。我不由得对吴大姐更加敬佩。

"'双语双向'培训项目的实施办法与细则，是吴主任组织起草的。她还带队到贵州等地学习取经，回来后就井然有序地开展。现在，柳州市把'双语双向'培训活动作为柳州市创建全国民族团结进步示范市工作的重要抓手，通过这项工作，促进各族群众之间的交往、交流、交融，加快民族地区经济社会全面发展建设，确保实现全面小康目标。我们乌英准备开办'我教妈妈讲普通话''双语双向'培训班，你们要积极报名参加哦。"

覃书记边说边给我们发放材料。我不识字，就拿着材料回家找阿爸解释。阿爸拿着材料看了几遍，才慢悠悠地说："材料上说，各个民族不断发展，与其他民族交往、交流、交融，相互之间的联系会越来越密切，你中有我，我中有你。现在要组织不会说普通话的人去培训学习。"我听明白了阿爸的话。在这片土地上，大家一起生活，不管是广西的，还是贵州的，也不管是苗族的、侗族的，还是壮族的，或者汉族的，都要互帮互助，和谐相处，团结友爱。而要做到这些，就要学会用普通话沟通。

阿爸拍了拍那份材料，说："这真是个好政策啊。"我也感觉这政策好，至少对我来说，这是渴望已久的事。于是，我盼着这项政策早点落实，可是姐妹们却满心怀疑："我们都这么大年纪了，不可能叫我们去学的。你想啊，学了也没什么用吧？"村里人大多抱着这样的看法。我们在阿妈家火塘旁读书，当作玩玩还可以，真像学生一样坐在教室里，那就是另外一回事了。

村干部担心没人去参加学习，便四处跟人讲解这项政策的好处。村里人都礼貌地点头说好，脸上却露出半信半疑的神情。

几天后的下午，覃书记和其他村干部来到阿妈家。那时我和阿妈正在火塘旁打油茶，原本阿妈是叫我去学习的，等我到那里了，阿妈又不谈学习而打起油茶来。覃书记他们也坐下来喝油茶，来者都是客嘛。覃书记说："村里要办'双语双向'培训班，你和伯妈，还有之前在这里学习的妇女都一起去，换个宽敞的教室，每天都有老师组织学习，效果肯定好嘛。这往后呢，苗寨要发展起来，是不能没有文化的啊。"

我看着他脸上挂着笑，才知道他们来找阿爸是商量这件事。阿爸立即举起双手，说："我举双手赞成，我们家里这几个，首先报名。"村支书说："不愧是老党，觉悟就是高，要是村里人都这么支持村委工作，那事情就简单多了。"村支书脸上挂上了明朗的笑。我和阿妈都很高兴，不自觉地抓着对方的手，眼里闪着光。

那天晚上，我在家特意炒了一盘酸鱼，还准备了我自己酿的米酒。丈夫洗手后就坐到饭桌旁，问："今天是不是没去阿妈家？"以往，我在阿妈家学习，回到家都会把学会的新词读给丈夫听，问他我读得怎么样，那可是我花了大半天时间学来的。我苦笑着摇了摇头，丈夫看看我，又看看桌上的菜，猜出我有心事。

"有什么事就直接说嘛。"

丈夫端起酒杯，仰头喝了一口。我压低声音说："村里要办培训班，专门教我们这样的妇女读书，阿妈也说要报名参加，我不想错过这个读书的机会。要是错过这次机会的话，恐怕以后再也没有机会了，只能等到下辈子了。"我边说边用余光注视丈夫。他脸上没什么表情，又端起酒杯，饮了小半杯，说："村里要办培训班，我是听说过了。"丈夫慢悠悠地说着，往时他也是这么说话，可今晚我觉得他的话慢得离谱。这时，笼子里的鸟儿又开始蹦跳，发出"叽啾叽啾"的叫声，它像是懂我的心，在安慰我，又在鼓励我。

"这是好事嘛，我支持你去学习，有文化总是好的，不说别的，就是到乡里、县里去办事，不会说普通话，很多事都办不成。"

丈夫脸上露出熟悉的憨笑，我还是不敢正眼看他，担心他说的是反话。我也不知道今天晚上怎么了，连丈夫的话都不敢相信。要是在往常，丈夫说什么，我就信什么。"没有文化，对生活的影响很大，这些教训我们都受过。"丈夫皱了皱眉头说。他脸上满是真诚，这件事又勾起他的伤心往事了吧。我终于放下心来，终于相信了他的话。丈夫太懂我的心了，太知道我心里想什么了，我这辈子没有嫁错人啊。

"你小时候就很想读书，可惜没机会，现在可以参加夜校班学习，等于圆梦了。只要你开心，我就支持你。"丈夫笑着说，"以后你就放心去学习，家务活我全包了。"丈夫不仅让我去学习，还承担全部家务活，太难得了，太在乎我了。我鼻子一阵酸，眼泪再也控制不住，顺着脸颊淌下来。丈夫已经见多不怪，他知道我是个眼泪很浅的人，也没说什么安慰的话，抽出纸巾递过来。我接过纸巾擦眼泪，还没把眼泪擦干就笑了。

"大家注意啦，下面播放一个好消息。现在我们的生活越来越好了，跟外面的交流也越来越多了，没有文化行不通，连最起码的沟通都办不到，不会说普通话，也看不懂协议合同，怎么跟山外人做生意呢？以前苗寨里的妇女都没机会读书，现在机会来了，不用交学费，只要报名就可以了，欢迎大家都来夜校班学习。"

那几天，村支书天天在广播里播报名读书的通知。村里的妇女们在私下里议论："这种事是不是骗人的？等我们去了，上了课，然后再收费呢？""不会这么干吧？是村支书播的通知，黄记者也参与，他就不是那样的人。""也对啊，听说这是柳州市里的政策，又是联合党支部和村委的主意，这没什么不放心的。""这事肯定靠谱。"

最后，大家都认为这事靠谱，是一件帮助苗寨妇女的大好事，可好事归好事，靠谱归靠谱，要是天天晚上到教室里上课，家里还有那么多事情，怎么顾得过来呢？许多有心想读书的妇女又打退堂鼓了，而更多妇女持观望的心态：要是这真是好事，她们再来报名也不迟；如果上当受骗，那么她们就躲过一劫。

报名时，何玉清带头参加，她是苗寨的妇女主任。她还挨家挨户地上门去动员，可惜效果并不好，最后去报名的没几个人。我和阿妈一起去报名，吴妹富、梁香迷也报了名。

2020 年 3 月的晚上，到底是哪一天记不清了，培训班正式上课。丈夫果然说话算话，那天晚上，吃完饭后他就不让我再做家务，还催我去换好衣服，把自己整得干净些，不要在教室里丢人。丈夫为了支持我去读书，之前还特意到杆洞乡集市上给我买了新衣服，让我穿着去上课。这太意外了，我太激动了。当我穿上他买的新衣服，往楼下的斜坡走去，他站在门口送我，灯光又映亮了他脸上那熟悉的憨笑。

我借着太阳能路灯，走在去夜校班的路上，从山谷里吹来的风，清凉中带着甜味，星星散在夜空中，在路上遇到村里人，他们满脸都是友好的微笑。我觉得这是从未有过的快乐，我喜欢这样的感觉，太喜欢了。

我在村口的桥头碰到阿妈，阿爸陪在她身旁，这时几个去上课的姐妹也来到桥头。她们都穿着新衣服，连阿妈都穿了，大家对上课都很上心，把上课当成去赶坡会那样隆重的事来对待。我们有说有笑地走向教室。

这个夜晚，有六个学生走进教室。

教室设在乌英联合党支部办公楼三楼。联合党支部楼是砖房，村委会也设在这里。在苗寨里，只有两栋楼是砖房，另外一栋是小学教学楼。这栋联合党支部楼建在村口的河对岸，一座水泥桥架过河流，连接着两岸，往来就方便了。有几户人家也选在对岸的路旁修建了新房。联合党支部楼前是一块水泥地面的篮球场，每天都有孩子在那里玩，村里的许多活动也在那里开展。联合党支部楼共三层，培训班设在最高层，站在那里可以看到通往山外的公路，以及河流两旁的田地。那里原本是会议室，村里的大会小会都在那里召开。现在同时兼作教室，配有一块大大的白板，摆放着二十张桌子，每张桌子配两张座椅。桌子涂着暗棕色油漆，闪着暗光，看起来油光发亮，而每张座椅是单人座的，用木头做架子，用黑色皮革制作坐垫和靠背，坐上去很柔软，比起我们家里用的家具都高档。教室两边的窗口装上玻璃，白天外面的光线透进来，使教室显得明亮宽敞。我们一下子就喜欢上了这间教室。

那天我们走进夜校班，脸上都挂着笑容，表面上很平静，其实我看得出来，大家心里头既激动，又不安。教室后墙上挂着一条横幅，上面写着八个大字"我教妈妈讲普通话"。我认得"我""妈妈"三个字，是在阿妈家火塘旁学到的，其余的那几个字就不知道怎么念了。我连忙把目光从横幅上收回来，因为村支书、驻村干部、黄记者他们满脸期待地等着我们坐到座位上。我们站着不动，因为每张课桌上都放有桌卡，纸上打印有每个人的名字。我们不认得自己的名字，也就不知道该坐在哪里。

阿妈伸着脖子四处寻找她的名字，这不禁让我想起多年前她的遭遇。上世纪80年代，阿妈被选为苗寨的妇女主任。有一回，阿妈被选派到融水县城参加学习，各乡镇去了不少人。那是阿妈第一次到县城，心里很是不安，那么多人，那么多房子，又都是砖头房，街上人来人往却一个也不认识，所有的东西都是新鲜的，也都是陌生的，如同到了另外一个世界。那时会议室的桌子上也都摆放着桌卡，桌卡上有各个学员的名字。阿妈看不懂字，看到别人坐着，她也随便找个位子坐下来。

培训正式开始之前，有工作人员负责点名，叫到阿妈的时候，发现阿妈的名字跟桌卡上的名字对不上。阿妈听懂了工作人员的意思，知道她坐到别人的座位上了，于是红着脸站起来道歉，很无助地看着桌面上的桌卡，实在不知道哪张桌卡上写着她的名字。工作人员看出了阿妈的窘境，便走过来把阿妈带到另一张桌子，并用苗语告诉阿妈："这是你的座位。"阿妈这才放心地坐下来。她看着桌面的牌子上有三个字。"原来这就是我的名字啊！"阿妈心里的尴尬瞬间被好奇和幸福所取代，虽然她不认得那三个字，但她知道那三个字指的就是她自己。阿妈从县城回来后激动地说："我的名字是那样写的，现在再看到的话，还能记得。"阿妈说这话时，脸上满是好奇和骄傲，早就忘了当时有多尴尬。

现在，阿妈的目光在教室里扫来扫去，最终还是没能认出她的名字，这么多年过去了，阿妈早就忘了她的名字怎么写了。黄记者看出我们的窘境，便对着桌卡一一念出我们的名字，在他的指引下，我们才憨笑着对号入座。我坐到座位上，看着面前的桌卡，虽然不认得桌卡上的字，但知道那三个字就是"梁足英"，那就是我的名字。我的名字被人叫了大半辈子，原来就是眼前这三个并不特别的字，内心不由得涌起一股莫名的激动，似乎找到了丢失已久的东西。

"欢迎大家，也祝贺大家，成为夜校班的第一批学生。我们不是小学生，而是'大'学生。大家要态度端正，认真学习，做出表率，不仅给村里的孩子们做表率，还要给全村的妇女做表率。以前乌英妇女错过了读书的机会，现在终于可以补回来了。希望通过大家的努力，让全村妇女都来到教室里学习，那才是我们开设这个班的目的。大家放心，我们会在背后做好后勤服务，有什么困难就找我们。"

村支书表了态，我们心里就更踏实了。接着，覃书记给我们分发教材和作业本。教材是覃书记他们特意为我们这帮零基础的人而编写的。

覃书记在黑板上写下"你好"，接着教我们念。开始大家都有些不大好意思开口，只发出微弱的声音，还都不在音准上。覃书记没有责怪我们，反而鼓励我们："尽管大胆地读，只有读出来，才知道哪个地方读错了，读错了也没有关系，重要的是要不断地练习。"村支书在旁边帮忙翻译，我们还是不开口。覃书记就点了我的名："梁足英，你站起来读。"我虽然在阿妈家的火塘旁学过这两个字，但心里还是七上八下的。我看了看身旁的同学，她们都用目光给我打气。我想向大家挤出一丝笑，却怎么也笑不出来，于是逼着自己站起来，双脚微微颤抖，因为从来没有这么紧张过。覃书记也投来坚定而信任的目光。我努力张了张嘴，终于读出了"你好"，声音很小，但教室里的人都听到了，同学们就兴奋地拍起手来。这一拍，似乎把大家的胆子都拍大了，于是大家跟着覃书记大声读起来。覃书记耐心地纠正我们的发音，直到我们学会了，才教新的内容。那节课，我们学会了"你好""谢谢""对不起"等几个新词。

下课时，覃书记给每个同学奖励了一包袋装螺蛳粉："这是爱心企业给我们的奖品。只要大家好好读书，会有越来越多的人和企业帮助我们的。"

我们提着奖品回家，别提多高兴了，在路上遇到人，就提起奖品说："这是奖励。"当天晚上，全寨人都知道了这件事，我们这帮妇女不仅到教室读书，下课后还拿到了奖品。村里人都相信了这件事。夜校班像一盏点亮的灯，照亮着苗寨。

黄记者得知我们要到乌英苗寨采访，特意从外地赶回来，为我们的采访提供力所能及的帮助。他个头不低于一米八，皮肤略显黝黑，看得出是常年在乡村行走，时常被阳光暴晒的缘故。他话不多，行事低调，认准目标决不动摇，属于那种干了再说的直爽性格。这种性格也是大多数广西人的性格。甫一见面，我就对他有了信任感，知道他是个会做事，能做事，并且能把事做成的人。记者的工作让他随时随地奔走在广西的大山和城市之间，但联合党支部楼二楼的宿舍仍然保留着他的一个床位，那里有三副床架，上下铺，共六张床铺，像学生宿舍那样摆放。宿舍里挂着衣物，放着行李箱，显得有些凌乱，墙角里堆放着螺蛳粉等物品。

"有时跟村民们交流，因为彼此听不懂对方在说什么，明明近在眼前，却像远在天边。"

黄记者略微沉思地说。我问："你没想过改变这种状况吗？"他微微仰起脸，眼睛眯缝成一条线，说："这个问题，我是有考虑过，不仅村里没念过书的人要学习，像我这样不会说苗语的人也要学习。其实，大家都意识到了这一点，然后就商量怎么解决。光靠村里的力量肯定是解决不了的，联合党支部就向相关部门提交了材料，申报在乌英苗寨举办普通话和苗语培训班，这样我们就能直接交流了。"

2019年，柳州市委领导先后多次带队，深入民族地区开展实地调研，提出"双语双向"助推脱贫攻坚方案，由柳州市民宗委负责牵头组织，以融水苗族自治县、三江侗族自治县为试点，开展"双语双向"培训活动。柳州市民宗委此前还组织技术团队开发了"跟我学讲少数民族语言"微信小程序，具备普通话、壮语、瑶语、苗语、侗语五种语言互译功能，收录词句 1000 个。它还开设学习积分功能，可以通过"爱心超市"兑换礼品，激发大家的学习热情。驻村干部利用小程序跟乌英妇女们一起学习，她们学普通话，他们学苗语。就这样，他们和乌英妇女们建立了深厚的友谊。

打开心扉

上了夜校班后，我有事没事就往阿妈家跑。我们家离阿妈家不远，各自住在山谷的两边，一条小溪从谷底流过。站在客厅往外看，就能看到山坡对面的阿妈家。现在，我和阿妈时常赖上阿爸，让他给我们复习功课，再次讲解在夜校班里学过的内容。说来也是奇怪，以前怎么就没有这样赖着阿爸呢？我想，是夜校班有氛围，大家都认真学的原因。

"这是好事嘛，好事嘛。"

阿爸微笑着说。他知道我和阿妈心里怎么想，于是就安慰和鼓励我们。阿爸把我们叫到火塘旁："多读几遍就慢慢记住了，什么事都要靠多练习，熟能生巧嘛。"梁优也曾那样跟我们说："做什么事都是这个道理，只要付出努力，不停地练习朗读，就能学会的。"

我和阿妈也明白这个道理。就像我小时候上山干农活，开始的时候，怎么也使唤不住手中的锄头，使蛮力挖下去，非但没翻起土块，反而把虎口震得生疼，手心还磨出血泡。后来阿爸就教我正确的使用方法，先在手心里擦点水，搓润手心上的皮肤，防止锄柄打滑，将锄头挥下去时，身体跟着锄头往前倾，使着力点落在锄头上，让锄头深深地吃进土里，就能轻松地翻起土块。阿妈乐呵呵地说："不就是学说话吗？我们能学好的。"

我们又读了一会儿书，然后开始炒菜做饭。快上桌时，阿妈对着我说："你好，你吃了吗？"我一时反应不过来，阿爸也没反应过来，倒是阿妈已经忍不住笑了起来。她脸上的皱纹都舒展开了，说："我把女儿当成客人，实在忍不住笑了。"我这才明白过来，阿妈是在练习说普通话，我也笑了，但过了一会儿又难过起来，心想这几个简单的词自己都没学会，哪还有心思笑呢。我在心里对自己说，非学会不可，就算在夜校班里学不会，回到家还有阿爸指导，就算读错了，他也会帮我纠正，读多了，也就学会了。

每天从夜校班放学回家，我都躲进房间里，读在教室里学的新词。有一天，我站到镜子前，对着镜子练习读新词。说实话，看着镜子里的自己在说普通话，尽管读音一点都不标准，可听着从嘴里吐出来的汉字，那种感觉很奇妙，像有一只柔软的手，轻轻地搭在我肩上，给予我肯定和鼓励。我不是第一次对着镜子说话，可对着镜子说普通话，还是头一回。

"足英，你在和谁说话？"

丈夫在房间外叫喊。我就大声回答："我在跟自己说呢，我在练习说普通话。"丈夫不说话了，他应该听得出我话里的骄傲，可能也想不到我学习普通话这么用心。我兴奋地走出房间来到他面前，用普通话说："你好。"丈夫像是受到惊吓似的，往后倒退两步，脸上显出不可思议的神情，用奇怪的目光看着我，好像我变成陌生人似的。我实在忍不住就笑了起来，丈夫用手摸了摸我的额头："你没发烧啊。"我白了他一眼："你才发烧呢。"丈夫这才长舒一口气："这是好事，我还以为你怎么了。"我明白丈夫说的"怎么了"指的是什么，我们都没有点破，那是我们不愿触碰的伤疤。丈夫惊讶的眼神慢慢舒缓起来，我知道他是真心支持我学习的。

我渐渐地习惯对着镜子练习普通话，每回看着镜子里的自己张嘴，就像是一条从水底冒出来的鱼在换气，吐出并不标准的普通话。我听着就想笑，可看到镜子里的自己满脸严肃，又把快要溜出来的笑声憋回去。我感觉有两个自己，镜子外头是熟悉的自己，镜子里头是陌生的自己。我喜欢那种感觉，熟悉的自己在跟陌生的自己说话，心想等到哪一天，两个自己相互熟悉了，成为知心朋友了，那时我也就学会普通话了。

夜校班在村子里慢慢有了影响力。有个亲戚家的孩子厌学，怎么劝也不想再读书。阿爸知道了就到他们家，严厉地批评那个孩子，还拿出我们这帮妇女来做例子："她们都那么大年纪了，还到教室里读书，你阿婆回到家，还坐在火塘旁等我教她复习功课，她们为什么这么认真努力？那是因为她们知道学习有多重要。你要是不学习，将来你只会后悔。"那个孩子听得一怔一怔的，还偷偷地来夜校班观察，见阿爸说的不是假话，不由得受到了刺激，最后又背着书包去学校了。

有一天，我从山上干农活回来，在村外的路旁，有两个姐妹在那里站着，显然她们特意在等我。她们见我肩上挑着柴火，跑过来把柴火强行拉下来，靠到路旁放着，说："足英，你说两句普通话给我们听听。"我还以为她们遇到了什么事，原来她们为这事而来。之前我动员她们去夜校班，她们说家里走不开，就没有去。她俩盯着我，我有些不好意思开口，跟姐妹说普通话实在别扭。

"你就快点说，要是好听，我们也去夜校班。"

她们恳求地说。我见她们不像在开玩笑，就干咳了两下，用普通话说："你们好，吃饭了吗？来我家打油茶啊。"她们听了，脸上立即露出无比惊讶的表情，嘴巴跟着半张起来。那时，恰好有几个乡干部路过，我就大着胆子向他们挥手打招呼："你们好，来我家吃油茶啊。"他们就笑嘻嘻地向我挥手："我们吃过饭了，现在要去检查工作，改天再到你家去吃油茶，谢谢你。"姐妹们脸上的惊讶慢慢地变成钦佩："这个好玩。""你学多久了？""我们也要学普通话。"我就借用梁优的话，说："早就说了嘛，大家都去学习，反正老师教一个是教，教一群也是教嘛。"

她俩当即就决定去夜校班学习了。

几天后的圩日，我们相约到杆洞乡赶圩，转来转去钻进一家文具店，准备买几本作业本。夜校班给我们分发了作业本的，可我们担心不够用，就买几本回去备着。我们在货架旁挑选，翻来翻去不知要哪种好。老板是个中年男人，看到我们选不出来，便走过来询问："是给高年级孩子，还是低年级孩子用的？"我顿时感到脸上一阵发烫，慌忙间撒了谎："给女儿买的，上小学，不知哪种好。"几个姐妹会意，微笑着不作声。阿妈笑哈哈地走过来，说："就是给自己买的嘛，有什么不好意思呢？读书写字又不丢人。"老板有些惊讶地看过来，我不敢和他对视，感觉脸上更加烫了，于是胡乱选了几本。阿妈倒是大大方方地挑选，还帮我把钱一起付了。走到文具店门外，我才舒了口气，阿妈还调皮起来，举着作业本晃了晃，说："学得好还怕别人知道呀，只有学不好才怕嘛。"我和几个姐妹才不好意思地笑起来。

我们开始练习写字了，从"一""二""三"开始写起。别看这几个字简单，就那么一两横，当写到作业本上时，手里的笔像活泥鳅似的，怎么也按不住，笔尖还拼命往小方格外头跑，一点也不听大脑使唤。我们好不容易才把这几个字写下来，却是歪歪扭扭的。上课的老师总是笑着说："写得不错，都有进步嘛。"我们知道老师是在鼓励我们，心里还是很高兴的。每次回到家，我都拿着自己写的字给丈夫看。丈夫拿起来端详，说："确实写得不错。"丈夫并不认识字，可他说这话时，脸上满是真诚。我就信了他的话。

我现在才明白，小朋友们为什么喜欢聚在一起复习功课，因为有氛围，还可以相互监督和指正。我和阿妈也一样，练习写字时，我就跑到

阿爸在家教阿妈学习 ▲

我们学会了画簸箕画 ▼

阿妈家，我们一起趴在小板凳上，一笔一画写起来。这种小凳子，在苗寨里家家户户都有，少的有几十张，多的有上百张。这种板凳分为三种高度，最低的是娃娃凳，最高的是媳妇凳，中间的是男人的凳子。媳妇凳要比男人坐的小板凳高15厘米左右。无论谁家有新媳妇进门，公公婆婆都要事先做好准备，专门为新媳妇制作一张媳妇凳，方便新媳妇坐下来时，百褶裙不会变形，坐得优雅又舒服。我们为了方便写字，便坐在娃娃凳上，用媳妇凳来充当小桌子，这样就有高低落差，小凳子虽然比不上书桌好，也够我们学习用了。也有几个姐妹跟着我到阿妈家复习功课，我们每回来阿妈家，手里都不会空着，要么提着柴火，要么带来一些菜什么的。我们围坐在火塘边学习，学习累了，就收起小板凳，边打油茶边练习朗读，像年轻时参加的"坐妹"活动。人多屋里就热闹。

说心里话，我怎么也没想到，七十岁的阿妈也学得这么认真，连跟阿妈恩爱了几十年的阿爸都没想到。有时我们围坐在火塘旁聊起过去，阿妈有些害羞地说："我很中意你阿爸。"阿爸也笑着说："你阿妈是我做梦都想娶回家的女人。"阿妈沉浸在往事里，火光映亮她的脸庞，连脸上的皱纹都生出光彩来。阿妈咧了咧嘴，说："我们那时结婚，很简单，只请了一桌客人，没有鸡鸭，也没有鱼肉，连酒水也很少，一人一杯，大家吃饱了，结婚仪式就算完成了。"阿妈说着，脸上笑眯眯的，生活再艰辛也没影响他们的感情，到现在他们俩活像一个人了，无论去哪里都形影不离。

现在，阿妈正式开始学习普通话了，她想跟别人正常交流，以免又闹出笑话。只是她都这个年纪了呀，为什么以前不学呢？阿爸又是个有文化的人，她想学习还不简单吗？阿妈似乎看出了我的心思，微微笑了笑，说："以前，我也想学来着，我和你们阿爸坐在火塘旁，让他教我读书认字，你们阿爸没教几个字，我们就聊到别处去了，就忘了学习，最后也就没有学成。"

我点了点头，想象着阿爸和阿妈围坐在火塘旁学习的场景，那时阿妈没有专心地学，阿爸也没有专心地教，他们太熟悉了，反而教不成。

"等我学了文化，会讲普通话了，我要和你们阿爸去北京看天安门。"

阿妈突然说。我以为自己听错了，当抬眼看着阿妈时，她正盯着电视看，电视上正播放着解放军走过长安街的画面，队伍整齐威武。阿妈满脸是笑，目光透着坚定。我这才相信她的话，不由得暗吃一惊，对阿妈这样年纪的妇女来说，能有这样的想法实在不容易。在苗寨里，许多上了年纪的妇女，连县城都没去过，更不用说去北京了。我们也像阿妈一样，慢慢地打开了心扉，在心里定下学习普通话的目标。我就想学会普通话后，能过上更好的生活，学一些医疗护理知识，多好啊。

我爱你多多

不久后，村里又有好几个妇女先后来报名读夜校班，来上课的妇女越来越多，果然像村支书所说的，我们做出了表率，影响了全村人。我们这帮没上过学的妇女，终于当上了学生，终于能坐在宽敞的教室里读书。夜校班就这样顺利地开办起来。坐在教室里读书，听着老师讲课，别提有多开心了。如果问什么是幸福，对我来说，这就是了。我们这些妇女，都有一颗感恩的心，都发自内心感谢党的政策。要是没有"双语双向"政策，就不可能圆我们的读书梦。

夜校班成了村里人最喜欢聊的话题，无论是老人，还是小孩，聚在一起都喜欢聊起这个话题。大多数老人都支持这件事："这是好事嘛，妇女们学会知识，以后出去办事，就方便多了。"也有一些人发出质疑声："不读有不读的好，家里有那么多事情要做，哪还有什么时间去学习呀？去读书不就是想偷懒不干活嘛。"有些小孩也会打趣我们："阿妈们都这么老了，现在去学校当学生，怎么能考得过我们呢？"我们听到了也不甘示弱："你们再不努力，到时我们就超过你们，可别哭鼻子哦。"孩子们就开心地笑起来，背着书包边唱歌，边往学校奔去，把在路旁的鸡鸭都吓得到处逃窜，不远处的猫和狗歪着脑袋望过来，它们猜不到这边发生了什么。

无论别人怎么说，我们都没有受到影响，只要是安排上课的晚上，我们就会像过年时的小孩子那样，怀着激动的心情来到教室，安静地坐在那里等待老师来上课。那种感觉只有坐在教室里才能感受得到。怎么说好呢？就像在地里播了种，等待着庄稼慢慢成熟。

当然了，村里有些妇女对读书不感兴趣。我和何玉清去动员她们，话还没说几句，她们就不耐烦了："不聊这个了，是姐妹的，就留下来打油茶吧，这个才实在。""都四五十岁的人了，还想着小孩子的事，也不怕丢人。""去夜校班读书，地里就能自己长出庄稼来？"我们劝不了她们，只能在离开之前说："要是以后想读，再去吧。"

有些妇女也想上夜校班，但最终还是没有来。我跟她们聊过，各有各的原因。"家里农活太多了，实在走不开。""小孩还小，家婆身体不好，他爸又在外打工，没人帮忙啊。""白天要上山干活，晚上回家又要做这做那，实在挤不出时间，有心想去也不行。"我能理解，她们心里也想来读书，只不过实在来不了。我时常想，要是丈夫不帮我做家务，我也不会有那么多时间的。

有些妇女有条件去夜校班，她们自己也想去，可家里人坚决不让去。我和何玉清劝说不了，覃书记去动员也没用。他们说："都这把年纪了，就算学得再多，又有什么用呢，还能考大学？真是吃饱了撑的。""那些去夜校班的妇女，就是借学习的名义，去那里玩耍，连家里的老人和小孩都不管，家务也不做，长期下去心就野了，人就变坏啦。"

话又说回来，我能理解她们这些想法，但我不支持。多学知识有什么不好呢？就说现在吧，看看苗寨里的孩子，哪个孩子在学校里的成绩好，做家长的说起来总是满脸笑容。而每到暑假，村里人总是避不开一个话题——今年谁谁谁考上了哪所大学，大家都称赞这个孩子，也都相信这个孩子将来会有出息。

最终，班里来了30个妇女，我们成了同班同学，我和阿妈也成了

白天我们一起认真干活

同学，这种感觉很美妙。我们在学习中渐渐地建立起深厚的同学情谊，无论谁家里需要帮助，我们都二话不说就去帮忙。

可有件事，我们谁也不能上前帮忙。那天晚上，梁优正在讲台上给我们讲课。突然，有个喝醉酒的男人不顾我们正在上课，冲进教室里，他满脸通红，浑身酒气，眼露凶光，还没等大家反应过来，他就一把抓住他妻子的手腕，使劲地往外拉。梁优愣在黑板前，眼里透着惊恐，我们坐在书桌前，谁都不敢上去劝阻，事情太突然了，大家都不知道发生了什么事。等反应过来，

大家纷纷离开书桌，站到窗户旁，看到他们已经走到楼下，夫妻俩出现在昏黄的路灯下，丈夫歪歪斜斜地走着，妻子垂着脑袋跟在身后，地上留下两个别扭的影子，很快那两个影子就消失在夜色里。我们都没有说什么，心里都不好受，感觉有什么东西跟着消失在夜色里。远处传来几声狗叫。

那个同学从此不再来上课，可每天晚上，她的座位空着，看着让人难受，于是我们每天晚上都把她的桌卡摆在桌面上，似乎这样她就能回到教室。覃书记安慰我们："她会回到大家当中的。"我到她家里去找她，说：

▲同学们带着劳动工具来上课

▼晚上我们一起认真上课

"回去读书吧，孩子他爸只是喝多了，跟他说清楚就好了，不要担心学习的事，大家都愿意帮你把落下的课补上。"她摇摇头说："不去了。"她的声音充满忧伤，眼里那丝明亮的光芒也暗淡了。我回家把这件事告诉丈夫。

"你就放心好了，这种事我是不会干的，也干不出来，你到夜校班去学习那么快乐，我还要去破坏你的快乐吗？让你每天黑着脸给我看？我不会干那种傻事，对谁都没好处。"丈夫安慰我，"家家都有本难念的经，怎么过日子那是他们的事，我们作为外人，说说想法是可以的，强行插手别人家的事就不好了。"

我明白丈夫的意思，谁也不能代替别人过日子，只是觉得她放弃学习太可惜了，这辈子恐怕再也不会遇到这样的机会了。同学们在一起，也会谈起这件事，都为她感到不平："她家那个太霸道了，不能这样对待自己老婆，只要不影响家里的事就好了嘛，多学知识有什么不好呢？""是啊，现在不要说我们这些妇女能跟山外人进行交流，就连足英她阿妈都能说普通话了。"大家知道这是好事，可也没办法帮到那个同学。

后来，覃书记他们还是把那个同学劝回来了，他们不仅热情，工作认真，还很有办法。他们既要组织我们坐到教室里，又要找老师来给我们上课，这一切都是为了让我们进步。

在学习普通话这件事上，我很敬佩梁行迷。她从贵州其他村子嫁到乌英，不大爱说话，在路上跟别人相遇，人家跟她打招呼，她也很少开口，只是微笑着点头，当作是回应对方的招呼。谁也没想到，当村里创办夜校班时，她竟然不需要动员，自己主动跑去报名。她在路上遇到其他妇女，竟然开口问："你们去哪儿呀？你们报名了吗？"路人愣在原地，不禁怀疑自己的耳朵出了毛病，当她们看到她脸色泛红，才确信刚才是她在说话，于是才愉快地回答："我们报名啦，今后大家都是同学了。"

大家更没想到的是，梁行迷在平日里沉默寡言，可在学习上却很用心，每次上课都认真听讲，也认真练习汉字的发音。她口齿不是很利索，可她在教室里，不怕出错，也不怕出丑。跟她说起这件事，她害羞地笑了，说："没文化，才是出丑嘛。"那是我第一次见到她脸上出现这么灿烂的笑容，我默默地点头，很赞同她的话。

代时英呢，她的名字很有意思，听起来就感觉特别有文化，可谁也没想到，她也没有念过书。她家里困难，村里就安排她到公益性岗位上工作，跟村里其他十几个妇女当起保洁员，我也是其中一个。我们每个月能领到一千多块钱补助，解决了不少生活问题，更重要的是，不用离开村庄到外边去，还能为寨子做一点贡献，我们都特别开心。平时各自在家里种养些东西，也有些收入，总体上就能脱贫了。

我们这帮妇女，每天早上七点半，从芦笙小广场开始，对整个村庄进行打扫。我们相互间用普通话打招呼。我说："时英，你来啦？"她就举起扫把回答："来早来早嘛。"我就纠正她："这样说不对，应该是，来得早，完成得早。"她就重复着我的话，自言自语地说："来得早，完成得早。"这样既把活干了，又练习了普通话。村里人看到了也受到感染，也跟我们说普通话，尤其是那些考到城里念书的女孩，说起普通话来，吐字标准而流利，很让我们羡慕。村里人看到我们认真扫地，对卫生也重视起来了，不像以前随地乱丢垃圾，而是会把垃圾拿到指定的地点扔掉。村里还有专门的搬运车，把垃圾集中运到村外处理。

"乌英这个姑娘洗了脸，露出了她本来的模样。"

覃书记满意地说。在卫生方面，苗寨跟以前相比，完全变了个样，以前遍地脏乱，垃圾满地，现在每条村巷都干干净净。要是村里遇到节日，在前一天，我们还会把整个村庄再打扫一遍，就像苗寨里的姑娘出门之前，会好好地打扮一番。村里人都习惯了干净卫生的环境，对于脏乱再也忍不了了，只要发现就会自觉地清理。

代时英家养羊，她时不时会赶着羊群上山放养。羊群不大听话，也不讲究卫生，走在路上总是随地乱拉粪便。她就用普通话说："你们要讲究卫生，你们是乌英的羊，就要听话。"那些羊似乎听懂了她的话，不停地向她点头，可还是一路乱拉。她只好带上扫把，边走边清扫羊粪，并把羊粪倒到路旁的树下当养料。羊群还很调皮，看到树苗，伸头就去啃。她就生气了："你们再吃，就封你们的嘴。"她不会用普通话说"封"字，就直接用苗语代替，被我们听到了，就帮她纠正。她就大大方方地用普通话说："就封你们的嘴。"

果然，她说到做到，找来废弃的矿泉水瓶，制成简易的嘴套，套在羊的嘴巴上。这样羊群走在路上，看到树苗什么的，想啃也不能啃了，路旁的树苗不再遭殃。现在，我们在路上相遇，最喜欢说的一句话是"晚上教室见"。每当她到夜校班上课，总要带上女儿一起去，两人一起进步。

代时英和女儿在听课

对于梁香迷，我就更有话说了。

在开始宣传"双语双向"培训班时，村里很多妇女都以为那是选人去开会，谁去谁不去早就定下了，可是梁香迷不管这些，她直接跑到联合党支部办公楼询问："我也要来读书，你们要不要啊？"当时我也在，连忙挽住她的胳膊，说："当然要了，全村妇女来都要啊。"她就这样报上了名。

她喜欢笑，悟性好，时常受到老师表扬。好几回，她都提着花生油、螺蛳粉等奖品回家。她丈夫不由得瞪大眼睛，紧紧地盯着奖品："学习还有东西拿呀？"她对他翻起白眼："这是学习表现好，老师给的奖励。"他看看她，又看看她手里的奖品，用手抓了抓脑袋，不再说什么。

"你知道吗？我每天从夜校班回到家，还会复习晚上学过的内容。只要遇到不懂的，就问我小女儿，她就帮我解答。我问得很详细，直到弄明白为止。有时她也不懂，就去学校问老师，回来再告诉我。"她在和我们交流学习经验时，脸上浮起骄傲的神情，"我从小女儿眼里看得出来，她受到我影响了，也开始认真学习起来。"

这是我没想到的，我们这帮妇女还能影响到孩子的学习态度。有一回，我在路上碰见她小女儿，就聊起读书的事来。她小女儿说："说实话，看到阿妈都那么认真，我觉得要是不努力那是不对的，我现在的想法就是将来要考大学。是你们影响了我，我要谢谢你们。"她小女儿的话使我热泪盈眶。现在她家几个女儿都不再厌学，都想着要把书读好。

如今梁香迷的丈夫也转变了态度，之前只要梁香迷去上课，他就冷嘲热讽："这么大年纪了还去上学，不怕出丑吗？"现在梁香迷在去上课之前，他就会给水壶装好水，让她带去教室，还说："家务活我来干，你尽管放心去读书。"她学的东西越来越多，遇到不懂的问题也越来越多，回家就去问她小女儿。她小女儿还在读小学，懂的知识也不多，为了回答她的问题，不得不在学校里认真学习。就这样，她家的学习氛围越来越浓。她年纪大了，有老花眼了，看黑板和课本都费劲，还让在县城读书的女儿帮忙买了一副老花镜。

她上课很认真，课堂的内容都能掌握，还时常自创一些很有意思的句子。比如"我爱你"这句，她就改成"我爱你多多"。现在，这样的句式在苗寨流传开了，大家都喜欢这样说，似乎更能表达内心的想法。当看到两个姐妹长得一样高时，她就说"两个姐妹一样长"。我们听了都哈哈大笑，她自创的话调皮又形象，而且还很好记，听过一遍就忘不了。

"我就是砸锅卖铁，也要送女儿去上学。"她丈夫当着我们的面发誓，我们看着他满脸真诚，都相信他的话。

说起夜校班，在乌英苗寨驻村的覃书记如数家珍。夜校班能够成功落地，多亏有柳州市、融水县两级的民宗、妇联、文明办等相关部门，还有广西融水、贵州从江两县的政协，以及结对帮扶的广东省廉江市的支持、鼓励和帮助。总之，夜校班背后站着党和政府，站着许多热心单位和爱心企业，他们时刻都在关心这个偏远的苗寨。

现在，到夜校班去上课，已经成了乌英妇女的盛事，比过年过节还要开心。白天大家上山干农活，身上沾满泥土和枯叶，有时头发里还夹着枯草呢。有课的晚上，这些妇女都会尽早回家，然后淘米做饭，匆匆吃过晚饭后梳洗打扮一番，还翻出压在箱底的新衣服。以往，只有逢年过节才会穿上新衣服。这帮妇女把到夜校班上课当成了她们独有的节日。她们相约来到教室，满脸都挂着幸福的笑容，别提有多高兴、多激动了。

"知识正在肉眼可见地改变着她们。她们埋在心底的梦想，终于在这个时代被唤醒了。"覃书记欣慰地说。

接着，他讲起最初开办夜校班时既有趣又无奈的事。

夜校班开办起来了，老师有了，教室有了，课本也有了，反而学生还不够多。劝苗寨妇女来上课成了件费脑筋的事，原因是她们有的在观望，有的没意识到学习的重要性，还有的意识到了，却害怕学习辛苦。村干部就跟那些摇摆不定的妇女"斗智斗勇"。有一回，他们听班长梁足英说有个妇女想来读书，最后又下不了决心，因为家里人不支持。覃书记和黄记者就商量对策，假装到她们家附近拍照，看到她就叫她过去拍照。村里人都喜欢黄记者拍的照片，因为他的水平实在不简单。他们临走时说："明天晚上，夜校班有老师上课，你也来啊。"那个妇女随口答应，其实他们知道她只是客气而已，并没有真的打算来夜校班。到了第二天晚上，他们就来到她家跟她"算账"，说："你都答应了，老师都在等着呢，你怎么能说话不算数呢？"她还想解释，他们已经来到她面前，连拉带推地把她推出门。她丈夫一脸蒙，但也没有上前阻止。就这样，他们把她拉到了教室。当她走进教室时，全班同学都鼓掌，梁足英走过去把她领到座位上，桌面上早就摆好她的桌卡。她看着桌卡，又看着周围友好的同学，眼圈发红了。

夜校班的效果很明显，这帮妇女的认真努力劲儿，超出我的想象。她们现在见面打招呼都用普通话，尽管带着口音，也不标准，可她们却感到很满意，脸上挂着收获后的那种神情，让人感动。

"她们是一群可爱的'大'学生，我越来越喜欢她们了。"

覃书记自豪地说。他微微仰头望向远山，眼神里有些温柔的东西，或许山那边是他家的方向。我不由得对他敬佩起来，他每个月只回一趟家，但在日常话语中没有丝毫抱怨。无数的驻村干部，正在为农村注入鲜活的力量，使农村焕发出勃勃生机。

手写我心

  我们的学习，是从日常用语开始的。比如，"早上好，吃饭了吗""今天早上我去育秧""今晚我要上课""我每天都打扫卫生""我小孩在融水打工""欢迎来到我们乌英苗寨""欢迎到我们家来打油茶""我爱我的祖国""没有共产党就没有新中国""我是中国人，我爱我的祖国""我是乌英人，我爱我的苗寨"。

  这些内容看起来很简单，可对于我们来说，比挑东西爬山还要难。不过，我们都没有泄气，相互鼓励，认真学老师教的每一个字。从夜校班回到家，我担心第二天起来就给忘了，常常练到半夜。夜里，丈夫养的鸟儿不时"叽叽啾啾"地啼叫，像是在给我打气一样。那时我从窗户往外望，才发现苗寨已沉入梦乡，只剩下太阳能路灯还在亮着，路面上已没有人影。我悄悄地压低读书声，鸟儿才不理会这些，啼叫时还是那么响亮，声音在安静的村庄上空回荡。

  认得字怎么读后，就开始学习写。我真正会写自己的名字，首先要归功于从北京来的李老师。她在乌英住了一个月，在那一个月时间里，每到夜校班上课，她从不缺席。她教书的办法有些特别，上课前她总是先让我们念自己的名字，接着教我们写自己的名字。

  "李老师，名字很难学啊。"

我们才开始学写"一""二""三"，突然就要学写笔画复杂的字，心里一点信心都没有。她听出我们话里的畏难情绪，说："学习嘛，要先认得自己的名字，连自己的名字都不认识，人家都怀疑你们来这里闹着玩。"

我们就抱着试试的想法，铺开作业本，对着桌卡上的名字练习，可手中的笔不听话，不像是笔，而像是蠕动的虫子，怎么握都不听使唤，左扭右拐的，还死命往作业本上的小方格外头钻去，写出来的字几乎占了整张纸面，还歪歪扭扭的，怎么看都是缺胳膊少腿的，根本就不成字。

"写得不错嘛。"

李老师走到我身边，拿起我的作业本。我脸上一阵发烫，很难为情，把字写得那么大还不成字，可李老师还在夸赞，她明显不想打击我的信心。她说："你看看，每一笔每一画都有了，没漏下哪一笔，是吧？这就是进步，只要多练习，就能写得好。"她这么说好有道理，于是我就有了信心，接着不断练习，每个字都写得巴掌那么大，占满了整张纸。"梁"字很难写，有时我用力过猛，把纸张都给搓破了，不由得感到泄气。李老师看到了，就握着我的手带着我写，她的手暖乎乎的，还很柔软，像是没有骨头。她让我握紧笔，让笔慢慢地跟想法走，终于写出一个像样的"梁"字。虽然这是在李老师手把手帮助下写成的，可我心里还是很满意。她拍了拍我的肩膀，握紧拳头，微笑地说："你看，这就很不错嘛，加油！"她的笑似乎有种魔力，我心里感到踏实，继续练习写下一个字。

"瞧，我们不是把自己的名字写出来了吗？从今天起，大家都会写自己的名字了，以后写别的字还困难吗？"

李老师双手撑着讲台说。我们这才明白她的用意。我拿起作业本来端详自己写的名字，真是一个比一个难看，可我心里高兴着呢，我会写自己的名字了，再不好看，也是进步。我把写得相对好的那页纸撕下来，拿回家当奖状一样贴到墙上。丈夫看到了，走过去端详，脸上露出欣喜的笑容。

后来，我发现心理暗示很有用，对做好事情是有帮助的，比如在学"我叫梁足英"这个句子时，我就在心里对自己说：这是你自己的名字，梁足英你一定能行。于是就不断练习，慢慢地就学会了，也能够在作业本上写出来。当看到自己的手把自己的名字写出来时，我内心充满了收获的满足感。

阿妈也和其他同学一样，重新认识了自己的名字，也学会了写自己的名字。我们终于相信我们有能力学好，不由得对学习更加感兴趣，并在学习中感到快乐，这种感觉是无可替代的。后来，手中的笔慢慢地听话了，不再像蠕动的虫子胡乱扭动，而是顺着心思在作业本上游走，尽管字还是写得不好看，但是已经能够把这些字写到作业本上的小方格里了。看着作业本上排列整齐的字，如同看着生长中的禾苗，正在阳光里迎风摇摆。

后来，吴小舒老师来教我们学拼音和写字。当跟着她读"a、o、e"时，不由得想起小时候在学校里偷听老师讲课的情景。那时我坐在枫香树下，听着孩子们在教室里念"a、o、e"，现在我在学习的只不过是七岁小孩要学的知识啊。这想法让我心里有些焦虑和沮丧。

"我们不用跟别人比，要跟自己比，只要每天有一点进步就好，积少成多，等过段时间再回过头来看，就发现是很大的进步了。"

吴老师这样说。我们在私底下也相互鼓励。吴妹富举起她的作业本，在头顶摇晃，说："我来打个比方，就拿各种庄稼来说，任何庄稼都不是一天两天就成熟的，要被风吹，要被雨淋，还要被太阳晒，才慢慢成长，这是规律，学习也一样。"

我们听了都哈哈大笑起来，觉得她这个比方打得好，把复杂的道理一下子就给讲明白了。

▲吴小舒老师在教我们拼音

▼吴小舒老师请同学上台读拼音

吴小舒老师在批改作业▲

我和同学潘妹妹在家里练习写字▼

小时候，乌英的家里很困难。那个女孩子只读书。男孩们要放牛、放羊、砍柴、种田、照顾弟妹，帮妈妈……

吴老师，我爱您 欢迎您到乌英 我爱您到乌英 加油茶喝

谢谢·老师也爱你

梁 足 英 　梁 足 英
梁 足 英 　梁 足 英
梁 足 英 　梁 足 英
梁 足 英 　梁 足 英
梁 足 英 　梁 足 英
梁 足 英 　梁 足 英
梁 足 英 　梁 足 英
梁 足 英 　梁 足 英
梁 足 英 　梁 足 英
梁 足 英 　梁 足 英
梁 足 英 　梁 足 英
梁 足 英 　梁 足 英
梁 足 英 　梁 足

我平时喜欢读书我一点都不累

梁 足 英 　梁 足 英
梁 足 英 　梁 足 英
梁 足 英 　梁 足 英
梁 足 英 　梁 足 英
梁 足 英 　梁 足 英
梁 足 英 　梁 足 英
梁 足 英 　梁 足 英
梁 足 英 　梁 足 英
梁 足 英 　梁 足 英
梁 足 英 　梁 足 英

伏 2020.9.21 很好

2020年10月4日

静夜思
床前明月光，
疑是地上霜。
举头望明月，
低头思故乡。

悯农
锄禾日当午，
汗滴禾下土。
谁知盘中餐，
粒粒皆辛苦。

我的学习成果

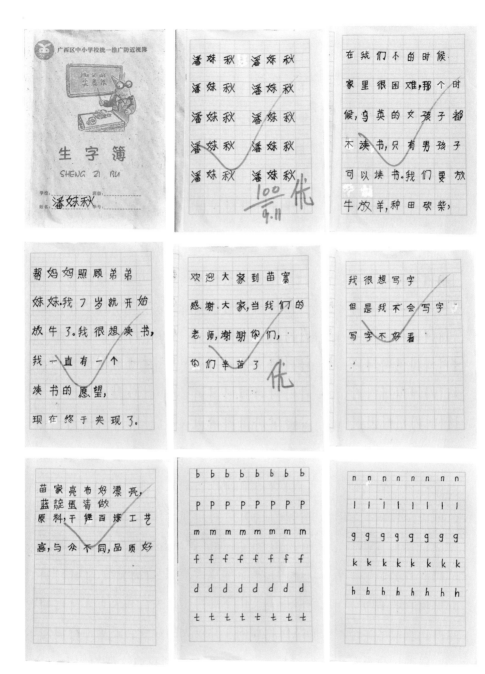

潘妹秋的学习成果

"学习就学习，可不要着了魔。"

丈夫每当看到我到了深夜还在学习，总会这么说，半认真半打趣。我可能真的着了魔，现在每天都会早早出门干活，就是为了争取早点回家，做饭、吃饭、洗澡，等待通知上课的广播。上课的那些夜晚，我总是满怀期待地走出门，在太阳能路灯下走下斜坡，穿过学校旁的亮布广场，再走过小桥，来到温暖的夜校班。我说的温暖，不是身体上的冷暖，而是心里的那种感受。我特别享受这种温暖。

我们在一起学习，建立起深厚的情谊，无论做什么事都很团结，挽起袖子来就干。我们白天上山种高粱、护果树、养田鲤，夜晚就来到教室上课。每当村里举办公益活动时，我们也都积极出力，实实在在撑起"半边天"。村里修建风雨桥，需要很多木料，要从山上扛回来。寨老和村支书都犯难了，村里没有那么多青壮年男人，如果要到山外去请人来扛，费用太贵，付不起。

"男人不在家，我们这帮妇女上！"

我们商量好了，就跟寨老说。寨老满眼担忧地看着我们，最后还是点了点头。寨老和几个男人带着我们上山，把几根绳子套在木头上，绳子的多少根据木头的长度和重量而定，每根绳子挂在一根木棒上，木棒两头各站一个人。大家调好绳子的高度，将木棒搁在肩上，抬起木头离地面有半尺高。寨老在前面指挥，嘴里大声喊："统统哟，统统哟！"我们按着寨老的节拍迈动步子，往山下的村庄走去。如果有人从远处看过来，我们这个抬木头的队伍就如同一只巨大的蜈蚣，顺着山路慢慢蠕动。以前，我见过男人们这样抬木头，现在轮到我们这帮妇女上山抬。当我们把木头抬到村庄时，寨老才长舒一口气，说："大家辛苦了，多亏大家了。"我们个个都累得不行，嘴里却嘻嘻哈哈地说不辛苦。有了木料，风雨桥也顺利地修建起来了。

我们一起扛木头下山

103

有时白天上山干农活，回到家已经很累了；但坐到教室里时，那种困乏就消失不见了，这很奇妙。到夜校班读书，几乎成了我们消除疲劳的良药。不过话又说回来，我们实在是笨，对于拼音怎么也学不会，分不清什么是声母、韵母，也分不清平舌音、翘舌音、前鼻音、后鼻音。阿妈在私下里抱怨："说个话怎么还这么麻烦呢？"阿爸听到了，说："你是不是想打退堂鼓啊？"阿妈立即不说话了，她眼里透着一股不服气。我才感受到孩子们在学校学习也是不容易的，并不是想象中的那么简单。现在，回想起村里有些父母，只要见到孩子考不好，就一味严厉地批评，甚至打骂，这是不对的，学习不是只要坐在教室里听就会的。

"不管学习有多难，我们都要努力学会，不能让人家瞧不起，更不能让老师们白白费了力气。"

我们在私下里讨论时，我这么给大家打气，其实也是给自己打气。我相信只要坚持认真去学，再笨也能学会的。笨鸟先飞嘛，我想起这句不知在哪里听到的话，用在我们身上再合适不过。

现在，我不管到什么地方去，无论是走亲戚，还是参加活动，都会在活动结束后的第一时间赶回苗寨。"你是不是不放心家里啊？"人们这么打趣，我没有回答，只是付之一笑。我赶回来，只是不想缺夜校班的课，我习惯到了夜晚就坐在教室里读书。没有读书的晚上，我总是睡不好觉。

"你知道吗？你们坐在教室里，眼睛里都放着光呢。"

有天晚上，丈夫突然冒出这句话。我一时猜不透他是在夸我们，还是在贬损我们。丈夫没有再解释，脸上浮现出意味深长的微笑。我心里不禁感到怀疑，于是背着丈夫，拿起镜子来照自己的脸，也没从眼睛里看出什么来。这个举动被丈夫撞见了，他说："你要是不信的话，到教室里观察你的那些同学，看看她们的眼睛。"

果然，我发现每个同学的眼里，都闪着一丝明亮的光芒。我想，也许是我们能来夜校班读书，每个人的心底都燃起了一丝火苗吧。我明白了阿爸曾经说过的话："在每个人的心底都有一盏灯，只不过有的被点亮了，有的还没被点亮。"我想，我们这些妇女心中的那盏灯肯定被点亮了。就说阿妈吧，她眼里也同样闪着一丝温润的光芒，这使阿妈看起来比以往任何时候都显得年轻，有精气神。这是我们姐弟几个最乐意看到的，阿爸阿妈他们的年纪大了，身体健康比什么都重要。读书能让阿妈身心健康，这是多么神奇的事啊。

当上班长

　　夜校班最初是覃书记给我们上课。我们都喜欢上他的课，他站在讲台上讲话，感觉比平时更加帅气。他白天忙着村里的事情，晚上还要给我们上课。覃书记让我负责通知大家上课，因为我是这个班的班长。在选班委那天，覃书记让大家都认认真真地投票，没想到我得到的票数最多。我不知道自己有什么能耐，大家都这么信任我，把票投给我，让我来当这个班长。

　　"我笨笨的，学习又不好，当不了。"我推辞。

　　"你是大家选出来的，你难道不相信大家吗？"覃书记说。

　　我看着他，他眼里全是鼓励。我又看向教室里的同学，她们都投来信任的目光。阿妈还对着我笑。阿妈的笑是一块宽广的土地，在那里能够长出高粱和果树，我们姐弟几个就是她种下的高粱和果树。我在心里这么想着，鼻子发酸，眼泪就要流出来了。

　　我就这样当上了夜校班的班长，吴妹富当副班长，她比我年轻十岁，聪明可爱，也比我能干得多。我的主要工作是通知大家来上课，配合老师管理课堂秩序，组织大家参加各种活动等。在此之前，我不知道班长是干什么的，也不知道自己有没有能力做好这样的事。但是当我认真做好这些事时，我得到了大家的认可。大家是相信我的，还不时夸奖我。

要不是大家信任我，我可能一辈子都不知道自己还能做好这些事情。

"每个人身上都有潜能，只是有的人发挥出来了，而有的人还没有，很多时候连他自己都不知道自己身上隐藏着多大的能耐。"阿爸说。

阿爸的话和黄记者的话一样深奥，我相信他们说的都是对的，是正确的道理。我开始相信在自己身上也有某种潜能。在那之后，每当想到身上隐藏着看不见的才能，我心里就有些激动。这一点隐藏的小心思，时不时会让我暗暗地感动。

当了班长后，每天晚上我都要先到教室，看看地板需不需要打扫，课桌需不需要重新摆好。这些大家看到了都会动手做的，不需要老师交代，我们都不是小孩子了嘛。快要上课时，如果有哪个同学还没到，我就打电话过去问原因，然后把她还没到的原因告诉老师。我们这帮妇女毕竟不是小孩子了，需要照顾家里老小，有时白天劳动结束晚了，回到家吃饭也晚了，快到上课时间也没忙完，等来到教室时就有些晚了。有的同学干脆说今晚不去了，还让我们不要等她，就像到别人家做客那样，叫人家不要等她才上桌，不然炒好的菜都凉了，不好吃了。可学习和做客是不一样的。

"大家先复习，再耐心等一下。大家都是来学习的，都想学到文化知识，那就不要让哪个同学落下。大家要团结友爱，相互帮助，共同进步。"

老师鼓励和安抚大家，让大家一边复习，一边等迟到的同学，先到的同学也没有意见。大家在班里学习，相互之间越来越团结。谁家里有困难，大家都尽力帮忙，友谊越来越深。以前一个人不敢去做的事，现在大家坐在一起讨论、商量，就能想出许多办法，就有了胆量去做，感觉背后有股力量在支撑着。这种感受很奇特，在此之前，很少有过。

现在，不知是不是当上班长的原因，每回从小学旁边路过，听到孩子们的读书声从教室里传来，我心里总有些激动。我收住脚步，站在那里看着岩石上的枫香树，再次回想起小时候。那时背着弟弟躲在教室旁偷听，却怎么也听不懂，而现在不用偷听了，可以光明正大地听了，什么都听得懂了。

"班长，你来给孩子们讲讲课。"

潘先锋老师在路上遇到我的时候说。我愣在那里，以为自己听错了，呆呆地看着他，直到他再次重复那句话，才相信他真的想让我去上课。

我连忙摆摆手说："潘老师，你饶了我吧，我自己都还弄不懂什么，哪能给学生上课呢？"

他鼓励我："你可以讲讲你们的故事，给孩子们教苗歌也行，你是班长，得在全班面前做出表率。"

他这么说，我就没理由回绝了。我回到家跟丈夫说起这事。他盯着我的眼睛说："你行的，我相信你，没经验的话，回去问问老党。"我就跑去问阿爸："阿爸，要不你去帮我上吧？"阿爸笑着说："人家点名要你去上，我去帮你上算什么嘛。这没什么难的，你只是没想过自己也能上讲台。"我不知该说什么了，阿爸看出我心里没底："这样吧，我给你选一首苗歌，先熟悉下这首歌的歌词，明白了就容易了。"阿爸找来一首苗歌，并用毛笔写下歌词。

我在阿妈家试课，阿妈和阿爸当学生。我走到火塘旁说："上课。"阿爸和阿妈乖乖地站起来说："老师好。"阿妈忍不住笑了，我也跟着笑起来。阿爸说："别笑，严肃点，这是课堂。"我和阿妈才收住笑。于是我学着教室里的老师那样，指着阿爸写的那纸毛笔字，说："今天，我们来学一首苗歌。"阿爸和阿妈坐在那里看着，火塘里的火光映亮他们的脸庞，像涂着油似的。我说："先听老师唱一遍。"这句话刚出口，我又差点笑出来，但看到阿爸阿妈认真的模样，只能把溜到嘴边的笑声咽了回去，于是我用心唱起来，阿妈跟着轻轻地哼唱。

"很好，很好，就这样，教孩子呢，不要紧张，就多唱几遍，多教几遍。"

阿爸站起来说，嘴角挂着微笑，目光从镜片后边透过来，我好像重新感受到阿爸小时候给予我的爱护。阿妈跟着拍起手来，她真心为我感到高兴。我心里踏实了，于是告诉潘老师，我准备好了。

我到小学上课那天，阳光很好，整个村庄亮堂堂的，出现在村巷里的人们，脸上都挂着笑意。我顺着斜坡往下走，扭头看到挂在栏杆上的鸟笼，笼子里的鸟儿也看到了我，在笼子里上下翻飞，并发出"叽叽啾啾"的啼叫，像在欢送我，又像在喊"加油"。

我来到学校门口，潘先锋老师站在那里等我，脸上挂着期待的微笑。我看着他，不禁感到有些恍惚，多年前我连教室门都进不了，现在我不但能走进去，还要站在讲台上，给孩子们当老师。这感觉像是在做梦。我抬头看了看岩石上的枫香树，它们依旧安安静静站在那里。它们一定记得我当年失学的情形，也一定能看到我现在走上讲台的样子。这想法使我有种想哭的冲动。

"班长，大家都在等你了，好好上，给孩子们做个榜样。"

潘先锋老师说着，伸出一只手，做出请我进教室的动作。我原本已平静下来的心，一下子又紧张起来，脸上也开始发烫，脚下也感觉有些轻飘，像喝多了酒似的。我硬着头皮走进教室，教室里不仅坐着20来个孩子，连夜校班的同学也几乎都来了，她们既来当学生，又来给我助阵，脸上都露出鼓励的微笑。我心里就慢慢平静下来，有姐妹们在真好。

我走到讲台上，忘了先说什么，孩子们在一声"起立"中站立起来，他们大声叫喊着："老师好。"我才反应过来说："同学们好。"等孩子们坐下后，我就把阿爸写的那纸毛笔字挂到黑板上，说："今天，我们来学首苗歌。"我先用普通话说，接着又用苗语说，普通话说得结结巴巴，好在还能用苗语来补充。我先唱一遍，唱完后问："好听吗？"孩子们大声说："好听。"于是我又唱一遍，心里的紧张感渐渐地弱了下去，知道这课应该怎么教了。我不慌不忙地教孩子们唱第一句，还点名让几个孩子站起来唱，接着教第二句。当准备点名让谁来唱时，孩子们都高高地举起手，我才想到应该先由孩子们举手，再从中选出谁来唱。就这样，我教会了孩子们唱这首歌。孩子们在一起合唱时，坐在后排的姐妹们也跟着唱起来。整齐而嘹亮的歌声飘出窗外，我不由得一阵感动。

下课时，梁行迷第一个冲过来，挽着我的胳膊，说："班长，你上得真好。"她说的是普通话，我发觉她不再结巴。姐妹们也闹哄哄地围过来，潘老师站在教室门口，满脸微笑地看着我们。此时，我才发觉身上湿透了，像掉进水里一样。

"梁足英当上夜校班班长，是众望所归。"覃书记笑了笑说。

"火车跑得快，全靠车头带；集体强不强，全靠领头羊。"这个道理妇女们是懂的，与其说是选班委，还不如说是在选标杆和榜样。其他妇女们不约而同地将目光投向梁足英，她人缘好，热情，开朗，又勤奋，还有组织能力，最重要的是她善良且做事讲公心。

有一回，覃书记他们在商量给妇女们分发奖品的事情，还私下里征求几个妇女的意见，看看她们有什么想法，大家都说老师怎么分都合适，唯独梁足英说实话。她说："你们为了鼓励我们读书，时不时给我们发放一些奖品，比如洗发水、洗洁精、香皂之类的，尽管这些东西不是很贵，可对于我们来说，是很好的激励。可如果每回都按人头来发放，可能就起不到真正的激励作用。我觉得可以分为全勤奖、成绩奖、进步奖。奖励有差别，又不大，这样更能激发大家进步。"覃书记他们听取她的意见，每回发奖品，大家都能拿到奖，又都知道为什么能拿到奖，效果果然比之前好。其他同学看到她身上的这些优点，都认可她，于是推选她为班长。组建班委后，班里的学员更加团结了，她们空闲了就聚到某一个人家里，边打油茶边复习功课。

我第二次来到乌英时，梁足英她们看到我，就纷纷围过来嘘寒问暖，像是见到阔别多年的故人，还没等我放下行李，就拉着我去她们家里打油茶。她们的普通话更好了，有进步，尽管发音依然不够标准，但交流起来比之前更加顺畅了。晚上吃饭时，自然免不了喝酒，好意难却呀。

"劝君再饮一杯酒，来到乌英有故人。""乌英公路有百里，不及手里杯中情。""举杯敬贵客，米酒酿我心。"

她们边劝酒边念着改编过来的诗句，让我想推辞都不好意思。我边喝酒边问是谁改编的，挺有趣味的。她们就哈哈大笑起来，没有回答，而是把目光投向梁足英。梁足英说："这些诗是大家一起改的，把古诗改坏了，大家搞了破坏，都有份。"我没有再问下去，已然感受到她们被文化知识熏陶后的变化，热情、友好，还夹杂一丝藏在文化里的机智。我不由得为她们的进步和友谊感到高兴。

晚上还是住在跨省客栈。何玉清夫妇像家人似的，等我收拾完准备休息了才回去，他们不住在客栈里。我带着酒意沉沉睡去，半夜里在一阵芦笙声中醒来。我爬起来倒了一杯水喝，然后走出房间，站在走廊上看向村庄，淡淡的月色洒下来，村庄里像铺着一层白霜。曲调并不完整的芦笙声传来，夹杂在田野间的蛙声里，打破了苗寨的安宁与寂静。我这才想到此时是周末，那些从学校回来的孩子，正坐在枫香树下练习吹奏，这种声响即便搅乱了村里人的睡梦，也不会有人责怪他们，吹奏芦笙是乌英人必备的技能。苗寨里还有零零散散的窗户透出灯光，在空寂的夜色里显得那么明亮，我猜那是梁足英们在练习功课。她们身上似乎也透着一股不达目标不罢休的劲儿。

我教妈妈讲普通话

　　阿妈是夜校班里年纪最大的学员，只要夜校班上课，她总是一节不落地来参加。在这一点上，我很敬佩阿妈，她每次来上课，精神状态都好得很。阿妈开玩笑说："不上课，我就像八十岁一样；只要上课，我就像十八岁。"

　　阿妈来上课时，总要把自己打理得干干净净，要么等我到家里叫她一起去，要么让阿爸送她去。在教室里，我和阿妈同坐一张课桌，成了真正的同班同学，真是太好玩了。

　　我比阿妈年轻，接受能力相对要好，学知识的速度也比她快。当侄女梁优她们回学校之后，阿妈就时常缠着我，说："足英，来家里打油茶。"我知道阿妈又想问学习上的事，那她为什么不直接问阿爸呢？我没想明白，还是去了阿妈家，阿妈已经打好了油茶，香味飘满整个屋子，没见阿爸在家里。

　　"不用看了，你阿爸不在家，他去杆洞乡了，饿了吧？"阿妈边煮茶汤边说。

　　我咽了咽口水，说："阿妈，我饿了，赶快给我打一碗。"阿妈抬头看我一眼："饿就对了，你得先帮我复习昨晚教的内容，我回来睡一觉，起来又给忘了。"我不由得笑了起来，原来喝阿妈的油茶是有条件的。

▲我和阿妈一起读书

▼我教阿妈学写字

我这才发现，阿妈已经把本子摆在凳子上了，于是我们坐在火塘旁复习功课。阿妈终于明白了，才说："那我们就先吃油茶，你来打，让我这当妈的享受一下。"阿妈坐在火塘旁不动，那模样把我逗乐了。

这件事很有意思，平时都是阿妈教育儿女，唯独这件事是儿女教育阿妈。侄女梁优教我读书时，教得很细心，也很有耐心，每教会一个词或者一句话，就会用普通话来跟我对话，让我复习，加强我对这些新内容的理解。我学会了之后，在梁优她们不在家时，就轮到我去教阿妈。我也会像梁优那样细心和有耐心，认真地教阿妈，直到阿妈学会为止。

自从夜校班开办后，到了假期，那些从大学放假回来的孩子，到了晚上就带上自己的阿妈来到教室，安安静静地坐在旁边陪读。他们在山外读了很多书，见了许多世面，也懂得了很多东西。

有一天晚上，本来是覃书记给我们上课，他突然有什么事需要赶到县里，就交代我去叫阿爸来上课。恰好那天晚上，阿爸到党鸠村做客，上不了课，我只好叫大家自习。

"我来上。"梁优站起来说。

大家向她投去目光，她的脸蛋红了，像个成熟的苹果。我立即带头鼓掌，大家反应过来也跟着鼓掌。她是陪她阿妈来的，之前她阿妈不愿来，说年纪大了，脑子跟不上，后来被她说动了才来的。

梁优在大家的掌声中走上讲台，站在那里有些紧张，看了看我们，又看了看她阿妈，似乎忘了要跟我们说什么。我就站起来说："我们先唱首歌。"吴妹富起了个头，大家就唱起苗歌来。

等我们唱完那首苗歌，梁优的眼里含着笑，她在黑板上写："我为什么要来上课？"她先用教鞭指着黑板教我们读，接着用普通话解释，又用苗语再说了一遍。我们一下子就听明白了——我们来读书，不只是在弥补童年的遗憾，更是因为要适应时代发展的需要。小姑娘说到我们心坎上了，果然大学不是白读的，她把什么都看明白了。她接着又教我们学习新的内容。

苗寨里的学习氛围越来越浓，从学校回来的孩子，特别是那些女娃在家里都会认真教自己的阿妈读书、写字，还大声地朗读呢。在苗寨里，时常会看到这样的场景：孩子手里拿着书本，像个小老师一样教自己的阿妈学习。坐在凳子上的阿妈像个学生，而孩子一字一句地教阿妈读，阿妈就一字一句地跟着念。遇到听不明白的内容，孩子就改用苗语解释，再用普通话讲解。这种场景很温暖，能够融化冬天里的积雪。

这种场景，不仅出现在教室里、家里，还出现在田间地头。阿妈带着孩子去挖地或除草，通常用普通话交流，即使阿妈说得结结巴巴，孩子也不会嘲笑，而是耐心地纠正阿妈的错误。路过的人见到了，都会心一笑。有些老人还打趣道："你这孩子当的，看你阿妈回家不罚你饿肚子。"于是大家都笑起来，欢快的笑声越过田埂，飘向山林。每当看到这种场景，我就会想起挂在教室后面的标语——"我教妈妈讲普通话"。我想这就是为什么培训班叫"我教妈妈讲普通话"的原因吧。

如今村里的孩子都上过学，有些还上过大学，他们读过很多书，懂得很多文化知识，看到自己的阿妈想学普通话，自然乐意教她们学习。这些孩子心里都明白，阿妈们学会普通话后，至少能够在跟山外来的人交流时派上用场。

孩子们还利用假期，挨家挨户地收集"古董"，为乌英建立农耕文化一条街而准备。这是一件对苗寨非常有意义的事。阿爸说："我们乌英的农耕文化很丰富，保存得比较完好。"尽管我并不十分理解农耕文化的意思，但我知道保护我们自己的特色传统文化是一件好事，大家都非常支持。

苗寨的孩子都很懂事，也很争气，努力为家乡做一些力所能及的事。

学生娃卜永远带着我们读拼音

比如，学习制作亮布手艺，传承非物质文化遗产；带着弟弟妹妹到村里做卫生、护理树苗等。这些看似微不足道的事情，其实为乌英做了一件大事，把积极向上、乐于贡献、不怕辛苦的精神传递给了弟弟妹妹。现在我们乌英建起了农耕文化一条街，墙上挂满了各式各样的古老农具，它变成了苗寨的一道风景。

苗家有女初长成

苗寨里有不少大学生来给我们当老师。其中有一位老师叫潘木枝，是苗寨里的贵州姑娘。

2020年初，刚念大一的潘木枝放寒假回家过年，疫情暴发，她们学校延期开学，没有说具体延期到什么时候。她想找点事做，比如外出打工，赚点零花钱或者学费，多少为父母分担一下。覃书记他们了解到这个情况后，就去问她愿不愿意到夜校班，给我们这群阿妈当老师。她想了想，这样既能留在自己的家乡，又能做好事，还是很有意义的，何乐而不为呢？高中时她是文科生，大学读的是江苏无锡太湖学院，学的是金融专业，感觉自己还是有一点底子的，可以给阿妈们上课。

开课的那一天，来了好多人，覃书记还叫潘木枝上讲台讲话。后来潘木枝不好意思地说："那时候我不知道该说什么，很紧张，脑子里一片空白。"在我的记忆里，她说的第一句话是："大姑、大姨，还有阿奶，你们好！看到你们对读书那么期盼和渴望，我心里是很激动的，我愿意把学到的都教给大家。"她先用普通话讲，接着又用苗语讲，既给我们上了课，又给大家当了翻译。她讲课的效果很好，我们都听懂了。

后来，她每次从学校放假回家，只要夜校班有需要，她都会来给我们讲课。她还鼓励自己阿妈去上课。这几年，她们家条件好了一些，

2010 年，潘木枝同学（左）在课堂上学习▲

2020 年，潘木枝老师在教自己阿妈讲普通话▼

她和姐姐们经常外出，有时候也会带阿爸阿妈出去旅游。她阿妈潘春迷就想，跟人交流也是一门学问，最重要的就是要学会普通话。就这样，母女变成了师生，潘春迷也和我们成了同学。

潘木枝这个美丽善良的姑娘，她理解我们，懂得我们心里在想什么。"在你们身上，我看到了一种快乐向上的东西。那是一种光，就像你们眼里闪烁的光。"她注视着我们的眼睛说。

丈夫也曾这么说过。我们的眼里的确闪着光芒。我偷偷地观察过潘木枝的眼睛，她的眼神纯粹，不仅有光，还飘着某种柔软的东西。

我跟她聊过天，说起上学读书的事，才知道她读书也不容易。她家有五个孩子，她阿爸做生意亏损了，家里的经济陷入了困难。那时她姐姐考上了大学，她阿爸就劝她姐姐辍学回家帮忙，让弟弟妹妹也能读书，不能把钱全用在一个人身上。可她阿妈不那么认为，觉得即便她姐姐回家，也帮不上什么忙，还不如把大学读完，将来能谋上一份好工作。在开学那天，她阿妈就偷偷地把她姐姐送出门，让她姐姐先到学校去报名，学费的事家里再想办法。她阿爸知道后，也没有大发脾气，只是长长叹了口气，想办法凑够钱给她姐姐寄过去。他也不是不想让孩子们读书，只是家里太穷了。她姐姐理解阿爸阿妈的辛苦和无奈，便想办法自己挣钱，边读书边勤工俭学，终于赚够学费和生活费，再也不用家里寄钱。现在她姐姐大学毕业了，留在南宁工作，还用自己挣到的工资供弟妹读书。潘木枝说起这些，忍不住哭了，我也跟着哭了。我时常想，有共同经历的人才容易产生共鸣，就像潘木枝和我。

"我很感谢我阿妈，她是个明事理的女人，虽然她没有什么文化，但是她懂得文化的重要性。在我眼里，她是个了不起的女人，不然我姐没能读下去，我也读不下去。父母的态度对孩子的影响太大了。"

她说这话时，眼里散发着温柔的光。我不禁回想起自己小时候的遭遇，我们家里也有五姐弟，也都受困于家庭的贫穷。不同的是，我们那个时候实在没有解决办法，而潘木枝他们坚持了下去，改变了命运。

她阿妈也来参加夜校班学习，但对知识掌握得比较慢，潘木枝在课后还给她阿妈"开小灶"。潘木枝总是开玩笑说，她阿妈不但爱捣蛋，在课上跟同桌说悄悄话，还是个"学渣"，课上教，课后补，还是学得很慢。她虽然嘴上嫌弃她阿妈是"学渣"，心里却明白她阿妈只是怕出丑，就像当年她学英语时不敢当众开口一样，所以她也常常鼓励她阿妈多说普通话。毕竟，她阿妈之前从未上过学，能鼓起勇气走进教室，就已经是一件不容易的事了。

现在，她阿爸阿妈离开了乌英，到贵州一家养殖场打工去了。说来也怪，她阿妈之前在苗寨学普通话的时候，比较害羞，不好意思说出口，进步比较慢；等她阿妈去了贵州之后，居然敢说会说了。原来是因为那些工友很多都是侗族的，如果想要跟人家交流，要么讲普通话，要么讲侗话。她阿妈不会说侗话，只能迎难而上，选择讲普通话了。其实她阿妈在苗寨学了不少简单的词语、句子，已经打下了基础，都是可以拿来直接用的。现在潘木枝给她阿妈打电话的时候，她阿妈还能很流利地跟人家炫耀："我女儿在给我打电话呢。"看来，换个环境，反倒检验了她阿妈的学习成果，对她阿妈的学习起了大作用。

"我每次从学校放假回家，都能感受到家乡的变化，无论是村容村貌，还是乡亲们的精神面貌，都已经脱胎换骨。"潘木枝满脸笑容地说。

"脱胎换骨"是个成语，我想我是能理解的，就是一个人换了胎，换了骨，彻底改变模样，从里到外发生了变化。别说她每过半年才回一次家，就是我们天天在苗寨里生活的，也都能感受到村庄在不断变化。

近年，苗寨成立了青年志愿者协会，由苗寨里的大中小学生组成。他们利用假期和周末，给道路旁的树苗浇水、收集老物件、巡寨护寨等。

潘木枝是这个协会的骨干，只要放假在家，她每天下午就会带着苗寨里的中小学生巡寨捡垃圾、维护公共设施、到临时图书馆读书。晚上，她还给我们夜校班的妇女上文化课。她已经连续五个假期给我们上课了，但她从不说累，让人觉得她身上有用不完的劲儿。

"十几年前，我和苗寨里的孩子走山路，到十五公里外的杆洞小学读书，每回都要花三个多小时，双脚都快走麻了。因为还要给学校食堂扛柴火，经常在山路上摔跤，摔倒了又爬起来，那时候很想哭。现在通水泥路了，到山外去读书就可以坐车，不用那么辛苦了。现在来到我们苗寨的人也变多了，我只想团结更多的兄弟姐妹共同建设我们美丽的苗寨。"她就是这样直来直往的姑娘，心里怎么想就怎么说，我们都喜欢她。

潘木枝正式给我们上课的时候，先对着我们大声说："同学们好！"她说完这句话，就看着我们，像在等待着我们做些什么。大家坐在那里，你看看我，我看看你，都不知道应该做什么。当我再次抬头看潘老师时，她站在那里有些发蒙。我们完全不知道潘老师为什么沉默，也不知道应该要回应潘老师什么。

后来潘老师告诉我们：上课前，老师会说"同学们好"，学生会回答"老师好"；下课前，老师会说"同学们再见"，学生会回答"老师再见"。每堂课都少不了这样的课堂礼仪。

原来上课也有礼仪。课堂上的一切都太新鲜了。我们感到不好意思，同时更加好奇和向往课堂，下定决心要好好学，不辜负这么多人的付出。

后来跟潘老师熟悉起来了，我们就跟她说起心里话，她也跟我们说心里话。她告诉我们，给我们上课是她人生中第一次当老师，难免有些紧张。我们坐在下面都没有看出来，还觉得潘老师很有耐心。

"当时我在讲台上说'同学们好'，竟然没有听到期待的回应，整个教室鸦雀无声，我都快听到自己的心跳声了，我不仅感到紧张，还感到尴尬。当看到大家坐在下面，仰着一张张茫然的脸，我的内心是震撼的。这么简单的教学情景，大家都没有经历过。那时我就下决心一定要上好课，不辜负大家的期望。

"说实话，我有想过放弃的，可转念一想，阿妈们白天上山劳动，晚上还提起精神去上课，只是因为大家对知识的渴望。相比起来，我就觉得自己太脆弱了，后来又坚持下来了。"

潘老师真是个可爱的姑娘，她还把这样的想法告诉我们，我们也因此更加努力认真，学着潘老师念"你好，我叫×××，我家住在乌英"。起初我们每念一回就忍不住笑出来。后来潘老师想出一个办法，每上一节课，就让我们走到讲台上做自我介绍。这下我们笑不出来了，后悔不该在课堂上笑。我们一个个站起来做自我介绍，大家说话时结结巴巴，声音颤抖，尽管天气很冷，额头上还是冒出了虚汗。

说实话，这是很简单的几句话，村子里那些还没上学的娃娃，可能看看电视就学会了，可对我们这帮上了年纪的女人来说却并不容易。不过话又说回来，潘老师这一招挺管用的，我们在私下里反复练习，等真的到了要向山外人介绍时，就说得比较顺口了，声音也不再颤抖了。我们不再那么内向，不再那么害羞，遇到远方来的客人也不再回避，而是大大方方地用并不标准的普通话跟人家打招呼，邀请人家到屋里打油茶。这里没有什么贵重的东西招待人，只有我们每天都离不开的油茶了。

"大家把在课堂上学到的知识运用到生活当中，这叫学以致用，这样才能真正地帮助大家解决生活中的语言困难。大家每天都在进步，这是值得高兴的事。"

我们受到潘老师的鼓励，求学的信心更足了，从开始有些害怕来上课，到现在大家出门就叫上左邻右舍一起，有的还会带上自己的小孙子、小孙女，一起来到夜校班里学习。我们在私下也开始用普通话交流，尽管说得不那么流利，有时候有些话怎么也找不到合适的词来表达，可我发觉大家竟然慢慢地喜欢上了这种感觉。

潘老师还耐心地教我们使用智能手机。我们建了一个学习群，每天在群里用普通话聊天，这样既能提高大家的学习兴趣，也能不断激励大家练习普通话。每当聊起天来，群里可热闹了："起床了吗？""吃饭了吗？""今天要去哪里呀？"哪怕白天上山干活，做工做累了，坐下来歇息时，大家总是第一时间跑到群里来聊天。那些陌生又熟悉的普通话，还能消除身上的疲乏呢。

有一回，潘老师好几天没来给我们上课，我们不知道她怎么了，不由得心里发慌。我们在私下里议论：潘老师可能生病来不了。这更让我们为她担心，不管她遇到什么事，我们都十分挂念她，也希望她平平安安，做什么事都顺顺利利，每天都开开心心。我们等不到她来上课，就拍了视频发给她。我们轮流对着镜头说："潘老师，我们想你了。"我们只能这么简单地表达内心的感受，我们猜不到她在收到信息时会有什么反应。后来，她告诉我们，她收到信息时哭了。她真是一位值得我们爱戴和学习的老师。

在见到潘木枝之前，我已经跟她通过电话，那通电话打了一个多小时。这个生于1999年的乌英苗寨新一代女性，口才好，善谈，声音悦耳，我听得出来，她是个热情、善良、开朗且积极向上的姑娘。与她见面后，发现她穿着朴素，化着淡妆，谈吐得体，思维通透，看不出她刚毕业参加工作。她如今在南宁的一家银行任职，专业对口。倒退二十年，乌英人谁也不会想到，生活在大山里的女娃，竟然也能在省城上班。现在，她们两姐妹都在南宁工作生活。这足以说明，只要能够上学读书，大山里的女娃同样能走出山沟。

一见面，我忍不住问起她名字的来由。

她呵呵笑起来："其实这个名字是苗寨里的老人取的，没想到它刚好应和了一句古诗——'山有木兮木有枝，心悦君兮君不知'。这个巧合我很喜欢，不仅说了乌英有山有水，树木葱茏，还显得有文化底蕴。"

当聊到乌英的夜校班时，她眼里闪过一丝苦恼。她有些无奈地说："我教阿妈们普通话的视频发到网上，有评论说我的普通话不标准，还来教人。其实，我知道那些评论说的是对的，我也知道自己有一点口音，因为我们小时候的教育资源很有限。我那时的成绩还是比较好的，上的一直都是重点学校或重点班，可是说普通话这件事，我是到了小学五六年级才开始的。寨子里很多学生上了初中，才开始讲普通话，所以整个乌英苗寨的普通话水平确实都不算特别好。"

其实潘木枝的普通话说得还不错，口齿清晰，表达流畅。还没等我宽慰她，她又笑起来："不过这些负面评价都是一时的，关键是阿妈们鼓起勇气，迈出了学习的第一步，真的学会了普通话。她们刚来上课的时候，就像小学生刚开始学习，眼神是有点躲躲闪闪的。现在她们都能非常自信大方地用普通话聊天，虽然大家的普通话并没有那么标准，但是大致都能听懂。"

在潘木枝看来，她其实也不算是给阿妈们教普通话，也不算是给她们上课，只是给她们指引方向，告诉她们外面的世界很精彩而已。她就是抱着跟阿妈们交流和学习的态度走上讲台的。

"这张照片，你是在蹲着给阿妈们上课吗？"我翻出一张照片说。

潘木枝老师蹲下来给我们讲课

潘木枝嘴角泛起一丝笑意，说："我是有意那样做的，阿妈们基础差，上课就会紧张，越紧张越学不会，我就蹲到她们身边，让她们感觉到我还是家里那个小丫头，而不是给她们上课的老师，我们之间的距离感就没有了，她们就不会觉得我高高在上，就能安心学习了。"

潘木枝果然细心体贴，还懂得教育心理学。我对苗寨里像潘木枝一样的女娃有了更深的了解，她们满腔热情，心系故乡，把学到的教给阿妈们，令人敬服，不愧是乌英苗寨的新一代女性。

牛都会了

"乌英'大'学生们，马上过来上课了，每一个'大'学生都要来参加，大家吃完饭了快点过来。"每到上课的夜晚，广播站就会传来潘先锋老师熟悉的声音。

这位潘老师在乌英小学当老师。当他知道我们缺少老师上课，便不顾自己白天上了一天的课，晚上还要批改作业和备课写教案，来到夜校班给我们上课，还用小学生来激励我们要努力。他说："你们现在是乌英的'大'学生，又是当阿妈的，你们学习态度的好坏，会影响到家里的孩子，你们要成为孩子的榜样。"开始，我们对他的话不是很在意，以为他只不过是在鼓励我们，后来我们才发现他说的是对的。

村里人越来越支持我们，在教育孩子时，也会把我们搬出来："阿妈们年纪都那么大了还那么努力，你们现在有读书的机会就要好好珍惜。"孩子们就偷偷地观察我们，很多女孩亲自送自己的阿妈来夜校班，还坐在阿妈身旁陪读。课余时间，女儿就耐心地帮助自己的阿妈复习，还手把手地教阿妈写字，而潘老师就微笑着站在讲台上看着大家。有一回，潘老师半开玩笑地说："给你们这群阿妈上课远比教孩子难得多。"每当潘老师教新内容时，我们老是学不会，心里就着急，越着急脑子就越乱。

"要是教牛，牛都会了。"

班上的潘妹屋同学还这么自嘲过。当时潘老师在教我们一个新句子，教了三十几遍，我们还是学不会。说真的，要是教牛，可能牛真的都学会了。我们听了都忍不住笑起来，笑过之后，不由得又有些难过。潘老师没有嘲笑我们，也没有否定我们，还是不断地为我们打气："大家要对自己有信心，现在刚开始学，才起步，肯定会有些难，慢慢地就学会了，千万不要灰心。"

潘老师在苗寨教书多年，摸索出一套有效的教育方法："双语教学"，先用普通话讲一遍，再用苗语解释，最后结合拼音学习，平时还利用看视频等方法，让孩子们明白普通话对应的事物。孩子们对语言敏感，慢慢地就能完全明白，还能够流利讲起普通话。他就把这套方法用到我们身上。

"这种方法很有效，只要大家用心学，就没有学不会的。"覃书记鼓励我们。

我们都相信他的话，要是我们真的学不会，那么老师们也就不会这么折腾。那些从市里、省里来的老师，还有从北京来的老师，他们到这里来只有一个目的，就是让我们真正学会文化知识。

"只要看到大家有进步，我就感到满足，来这里驻村也就更有意义。"覃书记好几次都这么说。我们听了，都暗暗下定决心，一定要学会讲普通话，学会认字、写字，将来还要学会看懂那些大部头的书，不辜负老师们的期待。

不知怎的，苗寨的夜校班被越来越多的人知道，不少山外人慕名而来，他们来到苗寨支教、采访，做田野调查，也教给我们更多新鲜的东西，不断打开我们的眼界。来到这里的人，都喜欢上了这里的青山绿水和村里人的热情淳朴。

▲潘老师在给小学生上课

▼潘老师在给"大"学生上课

我们的老师从全国各地而来，有来自广东的，有来自陕西的，也有来自北京的，还有一群来自澳门的年轻人。他们是澳门青年艺能志愿工作会的志愿者，先后几次到乌英开展义教交流活动。

"澳门特区政府特别注重对学生进行爱国主义教育，也特别鼓励青少年学生回内地学习交流。"这是学生志愿者告诉我们的。

早在几年之前，他们就已经开始在广西贺州山区开展义教活动了。后来，他们在网上看到黄记者关于乌英教学点"一校跨两省（区）"的报道，很感兴趣。2018 年 10 月，工作会的梁楚君和郑佩琪怀着极大兴趣来到乌英。尽管她们来到乌英之前做了很多功课，在网上了解了不少关于乌英的情况，到了从江，还请当地司机带路。但车子在深山里爬行，电子地图无法导航，只好一路向当地人问路，在深山里兜兜转转，才来到这个躲在大山里的苗寨。

她们抵达的时候，已经是下午五点半了，正是村里人干完活回家的时间。两个陌生人突然到来，加上言语不通、着装"怪异"，还来自外地，她们跟村里人之间的沟通并不顺畅。

当时我们还不会说普通话，见到远道而来的客人也不敢打招呼，虽然心里清楚这不是苗家人的待客之道，但实在没有能力直接交流。非得让我们说点什么的话，我们也只会慌里慌张地摆摆手，说："瓦马扑。"这句话的意思是"我不懂"，但是就这一句话她们肯定也听不懂。

2019 年 8 月，梁楚君再次率队到乌英开展义教活动。他们给乌英的孩子们带来了制作冰皮月饼、演唱《七子之歌》、表演话剧《妈阁》等生动有趣的课程，还组织了趣味运动会、篮球友谊比赛、包饺子、做汤圆、大会演等活动。那时候，我们这群妇女还只能羡慕地在旁边看着。

义教成员做的远不止这些，他们还组织翻新学校和维修芦笙广场。原来他们第一次来乌英的时候，就发现学校的设备和周边的环境需要

梁香迷若有所思地看着澳门志愿者给孩子们上课，她那时恐怕也想不到有一天我们也能走进教室听老师上课

改善。为了让孩子们能够有一个更光亮干净的学习环境，他们决定对学校整体内外墙进行翻新。他们之前有过刷墙的经验，于是就一起动手参与了整个过程。他们还在空白墙体上进行了彩绘，张贴了标语，美化了教学点。

在户外活动的时候，他们发现芦笙广场坑坑洼洼的，下雨天的积水更是给孩子们和其他村民的出入带来诸多不便。他们和村里人一起认真地规划维修事宜，并提出了大家一起动手的想法。于是就由澳门出资，村里人出力，在多方推动、协调、努力下，完成了对广场的维修工程。这个工程，不仅实际改善了乌英教学点的环境，更加深了我们和澳门朋友之间的信任和情谊。澳门青年艺能志愿工作会的志愿者几乎每年都会来乌英，不仅会带来一些学习用品，给孩子们上课，还会给我们夜校班的妇女上课。

现在，我们终于能够用普通话表达自己的感受和想法了，虽然不容易，但我们会一直练一直练，直到慢慢学会。澳门青年能够了解乌英，感受这里丰富的民族文化和淳朴的民风民俗，享受这种深刻而独特的体验。他们教我们说一些简单的粤语，比如"我爱你"。我们在语言里感受到了不一样的文化。

"现在沟通真的很方便，大家都可以直接对话了。"工作会的领队感到诧异地说。

村里人感激他们，在广场上摆圆桌宴，妇女们像过节一样穿起盛装，男人们吹奏芦笙，大家一起唱起苗歌，整个苗寨充满欢乐，友谊在此生根发芽。

"我们在澳门等你们去表演。"

他们临走时向我们发出邀请。我们非常激动，心中不由得又多了一个美好的念想。

乌英小学教学楼共三层：一楼、二楼是水泥砖房；三楼是一层木楼，铺木地板，没有摆放课桌，两旁设有宽大的窗户，安装了玻璃，阳光可以透进来，亮堂堂的，墙上挂着亮布服饰，是乌英妇女手工制作的。原来三楼是非遗课堂教室，专门用来教苗族舞蹈、芦笙、刺绣等课程。

"学校每周都安排两节非遗课。"

潘先锋老师带着我走上三楼，他身材壮实，皮肤黝黑，目光有神，且很健谈。

非遗课堂里端端正正地坐着十几个孩子，见到老师进来就起立向

潘老师在教孩子们吹芦笙

老师问好。等潘老师走进去后，他们才坐回塑胶小凳子上。那些凳子很轻便，下课了就收起来。孩子们每人手里都拿着一把小芦笙，目不转睛地盯着潘老师。看来今天要上芦笙课。潘老师先是吹奏了一曲轻快的曲子，然后才向学生们讲解吹奏要领。孩子们便站起来吹奏，吹得有模有样，在摆弄姿势时，颇有几分成年人的味道。这帮孩子在平日里应该没少练习，他们充满神气的目光里透露出对芦笙的热爱。

非遗芦笙进课堂，这在意料之外，又在情理之中。

"你白天给孩子们上课，晚上还给妇女们上课，不累吗？"

下课后，我忍不住这么问。话一出口，我就感到懊悔。

他略作思索后说："在二十年前，我来过乌英小学监考。那时学生的成绩最多不过三四十分，寨子的环境卫生很差，到处都是垃圾。2020年9月，我调到这里任教，主要负责一年级的教学。这里的孩子跟其他乡镇的孩子比，在学习上吃力且落后。归结原因，主要是地处深山，父母不得不在外务工，孩子们追求文化知识也就更为艰难。许多留守大山的妇女不识字，不会讲普通话，对孩子们的教育也有心无力，其实她们也想上学。那时已经开办了妇女夜校班，驻村干部为了寻找固定的授课老师而发愁。我得知这一情况，就主动申请参与夜校班的教学工作。我的想法很简单，就是希望妇女能通过夜校班学习，学文化，提高素质，一起抓好孩子们的学习。只要能促进孩子们学习，这点累，对于一个老师来说，压根算不了什么。"

我不由得对眼前这位年过半百、在大苗山里坚守三十年的老师心生敬意。在他和同事的不懈努力下，乌英的孩子们不断进步，他所负责的班级成绩有了很大的提升，平均在六七十分，还冲进过全乡前三名。

"现在，乌英妇女们不仅会学，还会用。打虫、喷农药、施肥、养鸡、养羊，都用得到文化知识。晚上我在课堂上教她们学普通话，白天她们就可以用手机跟外界沟通，推销自己种的蔬菜等农产品。妇女们学了普通话之后，回家还能用普通话跟孩子沟通，对孩子也有很大的帮助。"

潘先锋老师看到乌英妇女的进步，她们的精神面貌焕然一新，不禁感慨万千。

当苗歌遇上古诗词

　　说起老师，我不得不提到阿爸，他今年已经七十二岁了，身体还很硬朗，整个人看起来比实际年龄年轻、精神。夜校班没有固定的老师，有时没有老师给我们上课，村"两委"干部想到阿爸，就来到家里请他去上课。阿爸二话不说就满口答应，他十分乐意教我们这帮没念过书的妇女。

　　现在回想起来，其实在阿爸心里，一直埋藏着教书的梦。那时，阿妈一个人在家忙里忙外，连大气都喘不过来，还要面对几个不懂事的孩子，天天为他们操心，哪里能顾得过来呢？阿爸思索再三，决定选择辞掉代课老师的工作回家，他不想也不能让阿妈一个人在家里苦苦支撑，只靠阿妈一个人也压根支撑不住。他必须和阿妈一起撑起这个家。

　　许多时候，我在想，要是当年阿爸没有辞职，而是坚持下来，那么他也许会有机会转成公办教师。可是这人生，谁又能说得清呢？阿爸对此倒是看得很轻："那些年我们都过得太苦了，大人有大人的苦，小孩有小孩的苦……现在，我们要好好弥补当年的遗憾。"我听得懂阿爸说的遗憾，既指我们错过读书的机会，也指他错过当老师的机会。现在这两个机会又都回到了我们面前。

　　阿爸教我们学习可认真了，他脸上时常挂着微笑，笑里充满严厉和期待，此时的阿爸是一个真正的老师。在火塘旁边，我、阿妈和妹

课堂上认真学习的一家人——阿爸、阿妈和我

妹，是阿爸最初的三个学生，是他用生命去热爱和期待的三个学生。夜校班开办后，阿爸比以前更加忙碌，我从他眼里可以看出，他喜欢并享受这种忙碌。每到有课的夜晚，阿爸总会送阿妈来到教室。阿妈走在前边，阿爸总是落后阿妈半步，要是阿妈脚下打滑，阿爸一伸手就能扶住。阿爸的眼里满是阿妈，阿妈的眼里也满是阿爸。他们整天形影不离，几乎快活成一个人了。山歌里唱的相伴到老，或许就是他们这副模样吧。

要是阿妈的兴致上来了，还会随手从路旁摘下两片树叶，树叶的种类不是很讲究，只要叶片稍微大点就行。阿妈把树叶放在嘴唇边，轻轻地吹起来，一点也不费劲，那清脆的声响便四下传开，像从树林里传出来的鸟啼声。

"我和你们阿爸有一个联系的暗号。"阿妈微低着头说，脸上露出害羞的神色，眼神中又带有一丝狡黠，像刚谈恋爱的少女，"那时到山上去干活，我在山这边，你们阿爸在山那边，看起来隔得不远，但是要走到对面去，就要花上半天时间，那就不用干活了。怎么办呢？总不能把心里话喊出来吧，心里话是要悄悄说的，不能让旁人听见，对吧？我就吹木叶，声音很清脆，也传得远，我就这样用木叶把心里话传送了过去。你们阿爸开始还不想理我呢，后来还不是也吹木叶回应了？"阿妈这么说，阿爸没有否认，只是在旁边默默地微笑，眼里还流出温暖的爱意。不用说，阿妈说的都是真的。看着他们那么幸福，我想到了阿爸教的一句古诗："身无彩凤双飞翼，心有灵犀一点通。"在这么多年的陪伴中，阿爸和阿妈早已种下了两个人的默契。

阿爸送阿妈来上夜校班，他也坐在旁边认真听讲，其实他不只是在陪阿妈，他自己也在不断地学习，还在观摩别人怎么上课。阿爸还总说，活到老，学到老嘛。阿爸听了别的老师怎么上课，思考他该怎么上课。后来阿爸想到自己的专长，他喜欢唱苗歌，也懂得编苗歌，他就把自己的爱好和专长带到教学里。

阿爸说，每一个唱着苗歌的苗族人，都是自己生活中的诗人，还说苗歌和古诗词有很多相通的地方，情感丰富，优美动人。

年轻的时候，我们像树上的花儿一样美。如果花儿离开了树，我们都不再有年轻的模样了。

阿爸说，这首苗歌与"最是人间留不住，朱颜辞镜花辞树"这句古诗的意思是相通的。

夜晚我睡在床上，梦见丈夫回家。第二天我早早就起床，迫不及待梳妆打扮，期待从此和丈夫长相厮守。

这首苗歌唱的是我们苗族妇女思念丈夫的故事。古诗"昨夜裙带解，今朝蟢子飞。铅华不可弃，莫是藁砧归"所表达的情感，跟这首苗歌是相通的。阿爸讲起这些时，满脸兴奋和享受。

轮到阿爸来上课时，他就夹着他自己编写的资料册子走上讲台，拿起他放下多年的教鞭，先给大家唱上一首从古诗改编过来的苗歌。我们坐在下边听，觉得新鲜极了，原来课还能这么上。我心里想，阿爸的内心是一块地，这块地上的种子又开始发芽长叶了。

我和阿妈坐在座位上听阿爸讲课，阿妈眼里又泛起光芒，看得出来那是阿妈对阿爸的信任、崇拜和爱恋。我不时会想，阿爸年轻时上课应该也是这样的吧，他在讲台上认认真真地教学生们识字，让他们跟着他大声朗读。唯一的区别是，年轻时的阿爸不戴眼镜，现在阿爸的鼻梁上架着一副眼镜，跟文化人的气质更加匹配了。我喜欢看这个时候的阿爸，

阿爸在用苗歌教我们古诗

尽管他额头上早已多出了许多皱纹，但此时的阿爸特别开心、快乐，总能感染到他旁边的人。

在夜校班学习，驻村干部和老师们给我们找来了许多学习资料，比如古诗词、红歌等。课上选的古诗词都很贴近我们的生活。我们的生活离不开劳作，老师就教我们《悯农（其二）》：

锄禾日当午，汗滴禾下土。谁知盘中餐，粒粒皆辛苦。

乌英地少人多，我们都深深体会到粮食得来不容易。这首诗告诉大家要珍惜粮食，很符合我们的心声。

我们喜欢喝酒，老师就选了李白的《将进酒》：

君不见黄河之水天上来，奔流到海不复回。君不见高堂明镜悲白发，朝如青丝暮成雪。人生得意须尽欢，莫使金樽空对月。天生我材必有用，千金散尽还复来。烹羊宰牛且为乐，会须一饮三百杯。

岑夫子，丹丘生，将进酒，杯莫停。与君歌一曲，请君为我倾耳听。钟鼓馔玉不足贵，但愿长醉不愿醒。古来圣贤皆寂寞，惟有饮者留其名。陈王昔时宴平乐，斗酒十千恣欢谑。主人何为言少钱，径须沽取对君酌。五花马、千金裘，呼儿将出换美酒，与尔同销万古愁。

这首长诗我们能流利背下来，老师和客人们都很诧异。起初，我们都不理解这首诗的意思，可我们就是喜欢读，这首诗朗朗上口，每读一回，心底就会泛起某种莫名的豪气。后来，老师跟我们解释古诗的意思，我们还不是十分明白，阿爸就把这首诗翻译为苗歌，我们就理解并记住了。比如说"君不见黄河之水天上来，奔流到海不复回"，阿爸就用苗寨来举例子，让我想到乌英河也是一样，河里的水往前流去，再也不会回到苗寨里来；这种感觉又像是每个人的生活，日子过去了，就永远过去了，不会再回来了。我时常听到人们感叹，说假如当时怎么样，那么现在可能就会怎么样。以前我觉得这种说法有道理，现在想来是没有道理的，因为生活里没有假如，所有的日子都不能倒退。原来这些古人写的诗文是这么的好，早在千年前就写出了当下人的心情，还能引起我们这样的妇女的共鸣，真是难得。后来，阿爸还教会我们许多别的诗句，我们还用到生活里。比如，在向客人敬酒时，我们会说："劝君更尽一杯酒，再来乌英有故人。"到了中秋佳节，我们也会仰望天空感慨："但愿人长久，千里共婵娟。"

有一天晚上，我和副班长吴妹富从教室里出来，顺着斜坡走回家，此时天上下起绵绵的秋雨，在太阳能路灯下，半空中闪现出一丝丝微光，我们突然想起阿爸教的古诗，于是不约而同地说出："斜风细雨不须归。"我们觉得这句诗说的就是眼前的情景，这种用古诗来描述生活场景的感觉太美妙了，如同喝上了一坛陈年老酒。当时，我们没注意到覃书记和郑老师走在身后，他们听到了，满脸惊讶地追上来，说："这是一个多月前学习的内容，还以为你们早就忘记了，还给老师了，没想到你们已经学会运用了，你们的进步实在超出我们的预料。"

听到他们的夸赞，我们心里乐开了花，对学习也就更加上心了。说实话，虽然年纪大了点，但是能够读书，我们就觉得是一种幸福。我和阿妈进步都很快，现在已经能背四五十首古诗了。阿爸在讲古诗时，还跟我们讲起苗族的历史。阿爸说苗族先祖辛勤开拓，发明了冶金术和刑法，成为强大的部落，史书称为"九黎"，部落的首领就是蚩尤。后来，苗族不断迁徙，有的去了广西和湖南，有的去了贵州和云南，等等。阿爸说人类的迁徙和人类的历史一样久远。我大致听懂"迁徙"是怎么回事，简单点说，就是从一个地方搬迁到另一个地方。在数百年前，我们乌英苗寨的先祖就分别从广西和贵州的其他地方迁移过来，慢慢地就和这里的其他民族融合起来。我想凡是迁到这里的人，不管是广西的，还是贵州的，大家都能够和睦相处，团结才是硬道理。我们还学会唱许多首红歌。我们不仅了解了传统文化，还了解了红军当年奋斗的艰难和英勇。阿爸还跟我们讲起当年红七军曾两次经过融水大苗山的故事，那里现在还保留有当年红军路过的红军桥和红军亭。这些故事使我觉得历史就在身边。

慢慢地，我们发现阿爸上课有很大优势，他既会苗语，也会普通话，不仅了解以前的历史，还了解我们这帮没读过书的妇女。驻村干部得知阿爸会唱苗歌，还会写苗歌，特意从网上精选出一些古诗词，让阿爸一首一首地翻译成苗歌，然后按苗歌的曲调来教我们唱。这是个好办法。我们苗寨女人别的可以不会，但不能不会唱苗歌。阿爸翻译古诗词，不是一字一句把它们翻译成苗歌，而是按照苗歌的调子和我们这帮妇女的思维习惯来翻译，也就是说，阿爸用我们最熟悉、最容易理解的方法，把深奥的古诗词讲解清楚。阿爸在翻译时，先请教老师们，看他理解得对不对，哪些地方需要修改，再结合他对古诗词的理解翻译出来，这样使我们更加容易理解和接受新知识。

阿爸说起自己翻译的诗词，有两首诗翻译得最为得意，一首是清代诗人袁枚的《苔》：

白日不到处，青春恰自来。苔花如米小，也学牡丹开。

这首诗说的是白天太阳照不到的地方，苔花在悄悄地开放。苔花虽然像米粒那么小，但也像牡丹一样骄傲地盛开着。阿爸说，这就是青春的力量。阿爸把这首诗翻译成苗歌，并将苔花和我们乌英联系在一起：我们苗寨的人都如苔花一样，虽然身处大山，不为人知，但是通过读书学习，青春也能恰自来。

另一首是毛泽东的《七律·长征》：

红军不怕远征难，万水千山只等闲。五岭逶迤腾细浪，乌蒙磅礴走泥丸。金沙水拍云崖暖，大渡桥横铁索寒。更喜岷山千里雪，三军过后尽开颜。

阿爸跟我们讲解这首诗时，介绍了红军的英勇事迹：他们不畏艰难险阻，冲出敌人的重重包围，甩开敌人的围追堵截，强渡大渡河，飞夺泸定桥，爬雪山，过草地，最终三大主力红军胜利会师，标志着二万五千里长征的胜利。阿爸把这首诗翻译成苗歌，对表达的意思进行了补充，告诉我们只要不怕困难，勤奋学习，总能学会的，让我们对学习更加充满信心。

听了阿爸的讲述，我的理解更加深刻了，明白了今天的幸福生活是无数革命烈士用生命和鲜血换来的。如今，在党的领导下，有政府帮助我们，脱贫攻坚战也取得了全面胜利。驻村干部对我们说，现在要实现乡村振兴的目标，我们还有什么理由不更加努力朝目标前进呢？

支教老师成"乌英"

　　2020 年，党鸠村新来了一位年轻的"95 后"驻村工作队队员。他姓郑，从小在城里长大，没有在农村生活过。但是，他却主动申请下乡驻村，来到我们这个偏远的苗寨。他并没有把驻村的困难放在心上，很是热情，只要在半路上见到村里人，脸上总会露出真诚的笑容。只是他不会讲苗语，我们不会讲普通话，他说的我们听不懂，我们说的他也听不懂，经常"鸡同鸭讲"，但是语言沟通的不便并没有浇灭郑干部对驻村工作的热情。

　　在这世上，凡事就怕"认真"这俩字。这和村里人在田地里种庄稼是一个道理，只要认真播种、除掉杂草和害虫，到了秋收季节就会有收获。郑干部就是一个非常认真的人。驻村后，他被聘为夜校班的老师和苗寨教学点的课外辅导员，主抓我们乌英妇女和孩子的教育，所以我们都习惯叫他"郑老师"。

　　我们苗寨的妇女文化水平低，基本不会说普通话，往往力不从心，不知道怎么教孩子。孩子们的成绩普遍不好，个别小孩的厌学情绪还比较严重，纪律散漫，甚至在上课途中直接溜出教室玩耍。郑老师来了之后，分析症结，觉得要提高孩子们的成绩，首先要抓孩子们的纪律问题。他规定学校里的每个孩子七点十分起床，到校后先读书，再到操场排队训练，培养孩子们的自觉性与纪律性。村里人都支持他这么做，其实他清楚村里人是抱着试试看的态度。对他来说，有家长们的支持就够了。每天早上，他来到苗寨里，叫孩子们起床，先朗读课本，再到操场开展队列训练。他把他们当成一个个小战士，培养他们团结友爱的精神。只要有一人没做好，所有人就一起陪他重新训练。这样孩子们就互相督促，互相帮助，不让哪个孩子落后。经过一段时间的训练，孩子们明显有了纪律意识，每天都自觉早起读书、训练。经过一段时间的队列训练，他一喊孩子们的名字，孩子们不管是站着，还是坐着，不管是在学校，还是在家里，都会马上立正站好，大声回答："到！"他看到孩子有进步，就会鼓励："今天表现得很好，起得很早，没有哭，有进步。"

有一次，郑老师到学生家里走访，看到学生卜秀文在一张特别的"书桌"上写作业——卜秀文家里没有书桌，就用两个板凳拼起来，再在上面摆了两个盒子把"桌面"垫高，成了一张临时的"桌子"。卜秀文局促地坐在一个小板凳上，小心翼翼地写作业，生怕一用力整个"书桌"就当场散架。他看到这么简陋的学习环境，就自掏腰包买了一张学习桌和一盏台灯送给卜秀文。他让卜秀文试着按下台灯的开关，灯一下亮了，卜秀文也跟着笑了。他还带着孩子们给小树苗浇水，巡寨搞卫生，人手一个小垃圾桶和自制的垃圾夹，还喊起自己的口号："我们的乌英每天都要干干净净！"不仅如此，他还带着孩子们到夜校班，给上课的妈妈们打气加油，说："阿妈，辛苦啦！阿妈，我爱你。"

到了晚上，他开始抓我们妇女的学习了。夜校班的同学大多数能坚持到校学习，也有一些妇女迟迟没有行动。他就跟其他干部一起到这些妇女家里，做她们的思想工作。在一个姐妹家里，他一字一顿地试着教她用普通话说"来我家吃饭"。虽然她也能一字一字地跟着读，但显然还没有达到能沟通的水平。郑老师就邀请她到夜校班学习："我们真诚地希望你从明天开始，每天忙完之后，晚上跟着姐妹们一起，花一个小时的时间去上课，好不好？"她被郑老师的真诚打动，当下爽快地用普通话回答："好。"结果，前一天她答应得好好的，到第二天就想打退堂鼓了。郑老师又去动员，一边笑着说"昨天答应我们要一起去上课的，走，不怕的"，一边拉着她往教室走去。还有别的妇女在一旁打气："不怕的，不怕的。"最后，大家一起笑呵呵地往教室走去。夜校班又多了一位同学。

一年来，无论是刮风下雨还是严寒酷暑，郑老师几乎每天都坚持和学校老师们一起，组织孩子们早读、训练、巡寨做卫生、护理树苗，协助学校开展民族文化进校园活动，提升孩子们的综合素质。乌英的冬天很冷，每年都会下雪，雪落在野地里，白茫茫的。郑老师没有因此而退缩，再冷的天气也影响不了他的工作。有一回，我们这些妇女在私下里说，郑老师的热情都能把野地里的雪给融化了。虽说这是句玩笑话，却表达了我们这帮妇女对他的敬佩。

一开始郑老师的宿舍安排在党鸠村村委所在的另一个苗寨，距离乌英五公里。很多时候他忙到很晚才骑着一辆花 500 块钱买的二手摩托车回去，因为是旧车，经常半路熄火、轮胎漏气。我常常想，要是车子在半路出了问题，该怎么办？他看着黑乎乎的山林，会不会感到害怕？好在后来他搬到乌英的宿舍来住了。

郑老师的女朋友姓吴，在柳州市当老师。他们是同学，相恋多年，原来计划在 2020 年结婚，因为郑老师来驻村，婚期就延后了。郑老师来驻村之后，给吴老师的消息常常只有潦潦草草的"早安"和"晚安"，有时还顾不上接她的电话或回消息。

起初，吴老师非常不理解为什么男朋友会经常"失联"，他也告诉她这里的情况与工作，有时真的顾不上。但这没能消除吴老师心中的疑虑，于是她决定到苗寨探个究竟。她来一趟苗寨，要先从柳州坐动车到桂林，再从桂林转动车到从江，然后郑老师骑着摩托车到从江火车站接她。从江火车站到乌英有几十公里，摩托车要爬行三个多小时。有时候，郑老师没空接，她一路上候车、转车，花在路上的时间，都超过十个小时了。真是让她受苦了。

吴老师来到这里，我们都偷偷看她。她是个漂亮的城里姑娘，连走路都那么好看。她性格温柔，热情大方，来到苗寨里才清楚郑老师的工作有多忙，不由得心疼起他来。她见我们没有固定的老师，说："等放假了，我就来这儿上课。"郑老师满眼怜爱地看着她。

放暑假时，她真的又来到苗寨，给我们当老师。我们可喜欢她了，她不仅人美，声音也好听。可是想到她来回折腾遭罪，又心疼她。她在乌英的时候，给郑老师当起了助手。每天早上，她跟郑老师来到村民家，

郑老师和吴老师带着孩子们到户外游玩

叫孩子们起床早读，到操场上开展队列训练。晚上，她又跟郑老师来抓我们的学习。

郑老师在上课前会检查我们的作业，问大家有没有写日记之类的。其实我们下课回家已经很晚了，不过大家都会坚持写作业，可写日记的却不多。吴妹富早年到过广东打工，会说普通话，只是不认识汉字，现在到夜校班学习，她进步得很快。她不仅认真写好作业，还坚持写日记，把日记写成了一首诗。

郑老师看了，十分欣慰："同学们，我们现在已经步入新时代了，以前没有读过书、没有圆过梦的，现在都可以走进课堂了，我们是乌英'大'学生了，我们学知识，学文化，掌握了非常多的东西。以前，我们连名字都不会写，现在我们不仅会写名字，还会写日记，会创作诗歌，进步非常大。所以，同学们一定要坚持学下去，这个班也会一如既往地办下去，每天再忙，也要抽出四十分钟到一个小时到这里学习。"

郑老师说的话，我都听懂了，不由得在心里暗暗高兴。

郑老师做了一件让我们想不到的事，可能连他女朋友也没想到——他在乌英苗寨向她求婚了。我还记得，那天刚下过蒙蒙细雨，地面上湿漉漉的，树叶上的水滴闪着光。他和女友穿上崭新的苗族服装，从宿舍里走出来，走向芦笙堂旁的枫香树下。孩子们知道这个消息，也都穿上崭新的苗族服装，手里还拿着一把小芦笙，来到枫香树下围着这对恋人。

郑老师含情脉脉地问："你知道乌英是什么意思吗？"

她满脸幸福地回答："美丽的新娘。"

他单腿下跪，举起婚戒："你今天就是我的'乌英'，嫁给我吧。"

她把手伸过去，让郑老师把婚戒戴到自己的手上，眼里闪着泪花。黄记者拍下了这美好的画面。我们这帮妇女都在为他们感到幸福，也都在默默地祝福他们，连他们身后的那几棵枫香树也在默默地祝福他们。

郑老师和吴老师在求婚仪式上接受大家的祝福

2021 年，郑老师和吴老师受邀到北京录制节目《百年歌声》。节目播出那天，我们坐在教室里一起观看。他们出现在电视上，比平时更加帅气、漂亮，他们在电视上讲我们乌英的故事，讲苗寨里的孩子们，还讲到我们这帮渴望学习的妇女。吴老师更是怜惜苗寨里的孩子，她把城里的世界讲给孩子们听，希望他们都能走出大山。我们听得懂他们的话，更听得懂他们的心——真诚帮助我们的心。我还被主持人说的话打动了。她说，生活的仪式感在我们这儿得到了体现。这种仪式感，能让我们变成更好的自己。她很感谢郑老师让我们接触到了普通话，有朝一日这会变成我们招待外来游客的一技之长。说得真好。我们把去上课当成过节，每天穿着新衣服来教室，原来这就是仪式感啊，原来我们学习普通话也是在学习生活的技能啊。我们静静地看着电视，大家眼里都含着泪花，连平时调皮的吴妹富也不例外。

录制节目那天，郑老师和吴老师凌晨就起来到天安门广场看升国旗。他们一路拍视频发回来，我们在手机上看到了天安门，看到了威武的仪仗队和庄严的升旗仪式，心里都很感动。那时我发现阿妈眼角泛出泪花，她看到我在看她，反而带着泪笑着说："原来天安门是这样的啊。"我明白阿妈为什么这么感慨，心里又一阵感动，默默地说："谢谢你们。"

2020 年，郑老师主动向组织申请下乡驻村，被安排到党鸠村当脱贫攻坚（乡村振兴）工作队队员。他来到大山里的苗寨，看着四周郁郁葱葱的山树，呼吸着清新无比的空气，掩饰不住内心的兴奋，不自觉地笑了笑，使送他下村的县扶贫队队员一脸蒙，还以为他被这里的环境给吓傻了。

起初，女朋友担心他不习惯农村生活。他理解她的心情，也知道她的担忧不无道理。他从小在城市里长大，没有在农村生活过，对于农村的认知都是从书上和别人的嘴里得来的，与真正的农村相差甚远。这是一个大时代，新时代，他想参与其中，到基层去历练自己，不想袖手旁观，不想成为一只温室里的小鸟。

"那你怎么说服女朋友的？"我不解地问。

他抓抓后脑勺笑了笑，说："也没别的，我就对女朋友说了一句话，'你希望我是个不敢面对困难的人吗？'当时女朋友就愣住了，抬头紧紧地盯着我，好半晌都没说话，眼角还泛出泪光。我明白她的泪花里含有担忧、不舍，而更多的是赞许。"

驻村后，他遇到最麻烦的事是语言障碍。他听不懂村民们的语言，只能从人们的表情和动作来判断。这种判断很多时候都是徒劳，最终还是需要借助其他人的翻译。

"有一回还闹出了误会。"那天早上，他在路上遇到梁足英几个妇女，她们扛着锄头走向菜地，当时他脑子里想着要上报的表格和资料，她们跟他打招呼之后，他才反应过来回应她们。半天后，梁足英跑到村委，用奇怪的目光盯着他。刚好，她阿爸老党也在。梁足英就用苗语跟老党讲了事情的原委，老党听了哈哈大笑起来，接着拉住他的胳膊往外走。他还没明白怎么回事。老党才告诉他，说他上午答应到梁足英家打油茶，现在人家打好了油茶，他又不去吃。他才醒悟过来，想必是在打招呼时，她们叫他去打油茶，而他的确点头了。

"以前我挺怕黑的，现在不怕了，都是在苗寨里锻炼出来的。"

他讲起了那次难忘的经历。他在苗寨开展扶贫工作，任务多，时常工作结束的时候已经是半夜。那天晚上11点了，他才走出联合党支部楼，看着黑乎乎的夜空、黑乎乎的山野，心里不由得一阵害怕，犹豫着要不要回到党鸠村。因为还有材料要整理，他最终还是鼓起勇气，将耳机音乐音量调到最大，然后跨上摩托车冲进茫茫的黑夜。弯弯曲曲的山路上，只有他一个人在骑车，四周寂静得可怕。灯光闪过，树影摇曳，令人心惊胆战，毛骨悚然。路两旁的风吹草动都能把人吓得半死。他不住地在心里祈祷：车子可千万别在半山腰抛锚啊。当骑行到山坳口时，摩托车突然熄火了。此时，距离宿舍还有大半路程，他多次尝试点火，都失败了。好在过完垭口就是下坡路，他就一边溜坡一边打火。幸运的是，在溜坡大约一公里后，摩托车成功打着了火。这段路平时只花20多分钟，那天却用了一个多小时。回到宿舍时，他才发现全身衣服已经被汗水湿透了。那之后，他再也不怕黑了。

我特地看了他和吴老师参与录制的那期节目，更加钦佩他们所付出的努力和汗水，也有点好奇："你们怎么想到要先去看升国旗的？"

"去天安门广场看升国旗是我们藏在心底的愿望，我们到了北京就等不及去看了。况且这还是村支书特地交代我的任务。当时他握着我的手，我还以为他要我带回两只北京烤鸭，没想到他却是让我去看升国旗，拍视频发回来给妇女们和孩子们看，激励他们好好学习。从电视上看和在现场看，感受完全不一样。当时我们站在栏杆外，那里已经站着许多人，安静而有序，都是来观看升国旗的，每个人脸上都充满着期望和感动。作为中国人，作为一名年轻的共产党员，当站在天安门广场的那一刻，看着五星红旗冉冉升起，我是无比激动和自豪的。"

从他的话里，我能感受到他内心的热血澎湃，也能感受到他对主动申请下乡驻村感到十分自豪，更为庆幸的是，遇到这个美好的新时代。

成为老师的"老师"

　　覃书记和郑老师他们在苗寨里拍照、检查、走访时，时不时向村民们学习苗语。他们问的都是懂说普通话的人："老乡，做客，苗语怎么说？""赶圩，苗语怎么说？""吹芦笙，苗语怎么说？"被问起的人们就教他们，他们便认真地学起来，像我们学普通话一样。尽管他们说得很硬，还不在调上，村里人听了，心里却暖洋洋的，觉得他们就是苗寨的孩子。可惜，人们没有那么多空闲时间，一般随意讲几句，就扛着锄头干活去了。

　　有一天晚上，我们以为下课了，准备收拾东西起身回家，郑老师却还站在讲台上没有走。

　　"现在你们当老师，教我们苗语。"

　　我们坐在那里，你看看我，我看看你，不明白郑老师的话。郑老师就在黑板上写下："欢迎到我家打油茶。""我爱乌英。"他有些害羞地举起手，说："哪位同学上来当第一位老师？"我们在下面又你看看我，我看看你，脸上都一片惊讶。

　　"郑老师，我先来。"吴妹富举起手，脸微微发红，眼神坚定。

　　郑老师就叫她上讲台，他坐到第一排的座位上，覃书记也走过来坐在他旁边，他们脸上满是对学习苗语的渴求，像极了刚上学的孩子。

吴妹富胆子很大，她学着以往老师上课的样子，先用苗语教大家读："欢迎到我家打油茶。"领读了好几遍之后，她看了看大家，最后看向覃书记和郑老师，说："郑老师，不，郑同学，你来读一遍这句话。"她的话让我们哈哈大笑，等我们反应过来之后，整个教室都安静了下来，我们都小心地看着覃书记和郑老师。他们也像是被吴妹富这样的提问给搞蒙了，最后还是覃书记先反应过来，用手碰了碰郑老师。郑老师才站起身结结巴巴地读："欢迎到我家打油茶。"吴妹富接着说："大家跟着读。"我们都听出她的话有些发颤，于是大声朗读起来，给她壮胆。

　　"谁来用苗语读一下这句话？"吴妹富提问。

　　我知道她需要帮助，就马上举起手。她高兴地说："班长同学，你上来读这句话。"我就走到黑板前，发现底下几十双眼睛盯着我，两腿不由得微微发颤。我清了清嗓子，用苗语读出来："欢迎到我家打油茶。"吴妹富挥了一下手，说："大家跟着读五遍。"我就继续领读，大家跟着读。我用余光看向覃书记和郑老师，他们也在认真而大声地读，像极了我们跟他们学习时的模样。我领读五遍之后，吴妹富再次提问："谁再来用苗语读一遍？"我们都把目光看向覃书记和郑老师，这回不用偷偷摸摸地看，因为都知道吴妹富的问题是抛给他们的。郑老师举起手，没等吴妹富说话，他已经等不及站起来，用苗语读了那句话，发音还挺标准的。大家都拍起手来。接着吴妹富就开始教第二句。当读到"我爱乌英"这句话时，我们都特别有感觉，朗读的声音更加整齐和响亮。

　　那天我们学习了普通话，覃书记和郑老师学习了苗语，教室里一片欢乐。最后郑老师走到讲台上，说："今后，我们的课就这么上，我们教你们学普通话，你们教我们学苗语，每个同学都要当一回老师。"教室里又响起一片掌声，最后大家唱了一首苗歌，这堂课就这么愉快地结束了。

"我真佩服你，你胆子真大。"我来到吴妹富身旁说。

好几个姐妹看到了，也纷纷围过来，夸她像个老师。她拉起苦脸说："我好紧张的，还说我像个老师呢。"我们开心地笑起来。梁行迷拍了拍吴妹富，说："今天还没吃晚饭吧，到我家去打油茶，再教教我怎么上课。"大家就高兴地答应了，在走下楼时，梁行迷用苗语对覃书记和郑老师说："到我家去打油茶。"覃书记和郑老师以为她在练习上课内容，连忙用苗语回答："好呀，好呀。"我们就站在那里等他们一起走，这时他们才反应过来，不是在练习上课内容，而是真的叫去打油茶。郑老师连忙说："我得回党鸠村去了，还有表格要填。"覃书记也说他要赶材料，不能去。我们就哈哈地笑着走了，还一路说着普通话，遇到不会说的，就改用苗语来说。我们的快乐感染了村庄，无论看到哪家的灯光，都觉得很温馨。

我有次到融水县城办事，路过梦鸣苗寨，那是个扶贫搬迁安置点，干净整洁，美丽迷人，有许多售卖东西的商店，许多游客走来走去。我不由得想，要是哪天，乌英苗寨也能来这么多游客该多好啊，那么村里人光靠售卖东西，就能挣到生活费了，就不用外出打工了，家里的老人和孩子也就不用再留守了。

"这不是没有可能的，只要把村庄建设好了，各种条件跟上了，游客自然会来的。"

覃书记在上课时这么说，脸上满是期待。我听得出他说的"各种条件"，其中就包含村里人学会说普通话，这样才能跟游客沟通交谈。

有一回上课，覃书记让我们模拟客人到苗寨参观的场景，他让我来扮演从山外来的客人。我心里有些发虚，本想推辞，可一想这是为了学习，便壮着胆子站起来，在脑子里回想那些从山外来的客人，是怎么走路和说话的。

我准备好了，就装成客人来到苗寨，对一切都感到陌生，在路上"遇到"了由代时英扮演的村里人，还有覃书记扮演的一个苗族老妇人。我跟代时英打招呼，说："你好！"她笑着回答："你好！"我又对覃书记说："阿奶，你好。"覃书记半张着嘴，用苗语说："我不懂。"代时英就翻译给他听，他微微点头，用苗语说："你从哪里来啊？"我扯了扯衣袖说："我是报社记者，从柳州市里来。"代时英又帮他翻译。他又张了张嘴，说："你来采访什么啊？"我抬头环视四周，说："乌英很漂亮，我来采访乌英的村支书，采访你们的联合党支部，你们能带我去吗？"代时英先翻译给覃书记听，接着用普通话说："村支书上山干农活去了，你先到我们家喝油茶吧，边喝油茶边等他。"我连忙说："好呀，我还没喝过油茶呢。"于是就跟在她身后走。没走两步，我们都忍不住笑出声来。

覃书记直起身来，使劲地拍着手，同学们也跟着拍起来。覃书记满意地点点头，说："你们的普通话越说越好了。"他说着又用苗语说了一遍，最后还不忘自夸一句："我的苗语也越说越好了。"我们听了，都哈哈大笑起来，信心也越来越足了。在之后的课堂上，我们时常进行这样的练习。在私下里，我们也时常用这种方法学习。

有时，从市里、县里来的支教老师，也用这种方式教学。他们没有一板一眼地站在讲台上讲课，而是采用唱山歌、场景表演、有奖问答等方式，让大家都参与活动，不仅轻松快乐，还能学到知识。老师们看到学习相关的视频，也会发到群里给我们观看学习。柳州市举办的"双语双向"百姓宣讲活动的视频，看起来很有趣，原本很严肃的教学活动，变成了积极活跃的抢答互动，还有琵琶演奏、山歌对唱、吹芦笙等才艺活动。大家边学边唱，在欢乐的氛围中互教互学。我们在苗寨里也组织过这样的学习活动，不知不觉就学会了知识。最有趣的是举办学习比赛，对学得好的同学进行奖励，奖品有大米和花生油呢。当然，我们来学习并不是为了奖品，但能拿到奖品，心里还是热乎乎的。

最让我们感到惊讶的是，那些村干部也跟覃书记和郑老师一样，安安静静地坐在教室里，让当地的群众当老师教他们苗语。我不由得有些恍惚，我们这群没上过学的妇女，现在都当上了"老师"。这更激起了我们学习的热情，连干部们都还在不停地学习，我们更该努力了。

在采访时，我提到郑老师驻村工作结束告别乌英的那个视频。他抬头往远处望去，似乎在望着看不见的乌英。他有些不好意思地说："那时她们哭了，我也哭了，这并不是为了拍视频。相处的那段时间里，我对乌英有了感情，那帮妇女也舍不得我走，孩子们也一样，大家都处出了感情。她们恳求我留下来，说：'郑老师，留下来陪我们好不好？'孩子们更是直接抱住我的大腿，似乎这样我就能留下来。那时我找不到话来安慰他们，只是用手抚摸着孩子们的脑袋。我心里也舍不得他们。妇女们还给我写下挽留的字条：'郑老师，我们想你。''郑老师，祝你生活幸福快乐。'他们叫我郑老师，而不是郑干部，这让我很感动。她们写的字条上都是简单的话，字虽然歪歪扭扭，可我心里暖乎乎的。"

郑老师离开乌英苗寨那天，村里人都来送他，舍不得他走，但也知道"天下没有不散的筵席"这个道理。人们就给他送来粽子、彩蛋等。这些东西不值什么钱，却是来自苗寨的美好祝福。那帮妇女一个个走过来跟他拥抱告别，孩子们更不用说了，直接抱住他的大腿。他们用普通话和苗语说着道别的话。

"车未开，情先动，千山万水感觉就在咫尺，乌英妇女依依不舍，我们心与心永相连……"

临别时，妇女们唱起了送别的苗歌。

"那之后，你还回了乌英几回，对吧？是什么原因让你一次次回去？"我继续问。

他笑了笑说："心里挺想念他们的，也想念那个村庄、那片山水。虽说我下村是带着任务去的，是去帮助他们的，但实际上他们也在帮助我，使我看到了生活的另一面，这段经历对我来说很特殊，也很珍贵。我每次回到苗寨，村里人都热情地拉我到家里做客，跟他们喝米酒，讲苗语，特别亲切。现在苗寨变得越来越好了，我发自内心地感到高兴。"

一个都不能少

有人说乌英人像画眉鸟，这话一点儿也不夸张，因为我们乌英人喜欢唱歌，能像画眉鸟那样唱出悦耳的歌。不管是不是节庆，乌英人都要唱歌，几个妇女聚在一起，就会唱起歌来，心情非常愉快。有时在山上劳作，累了就在树下歇息，不由得就哼起歌来，还能减轻身心疲惫感。在苗年、坡会、新禾节，以及其他重大活动的时候，我们也会尽情地歌唱。

我们去夜校班学习后，老师们发现我们喜欢唱歌，于是就特地增加了音乐课。我们特别喜欢上音乐课，不仅能学习普通话，还能学会许多新歌。这些歌跟我们唱的苗歌不一样，却也十分动听，我们很快就迷恋上了这些歌。

五十六个星座，五十六枝花，五十六族兄弟姐妹是一家，五十六种语言汇成一句话，爱我中华……

这是我们都喜欢唱的《爱我中华》。这首歌，我们一学就会了，走在路上都会哼着，心情也会愉快起来。当时老师边教我们唱，边解释这首歌的意思：中华民族由五十六个民族组成，每个民族都是一颗闪亮的星星，都是一朵美丽的花。五十六个民族都是兄弟姐妹，平等团结，和谐相处。我们中华民族是个大家庭，每个成员都生活在这个大家庭里，相互帮助，相互促进，共同进步，谁也离不开谁。学了这首歌之后，我心里既兴奋，又激动，原来我们生活在这样一个团结幸福的民族大家庭里。

"习近平总书记说：'中华民族是一个大家庭，一家人都要过上好日子。'在脱贫路上，一个民族都不能少。"老师接着解释说，"这就是'铸牢中华民族共同体意识'的具体体现。"

我们坐在下面认真听讲，对后半句听得不太明白。老师看着我们茫然的样子，并不着急，似乎这都在他的预料之中。他拍了拍手上的粉笔灰，脸上露出一丝友好的微笑，说："大家不用想得太深奥，就拿我们苗寨来说吧，苗寨里住有广西的村民，也有贵州的村民，这是不是就是'你中有我，我中有你'呢？苗寨里的人，无论是广西的，还是贵州的，大家团结互助，和谐共处，共同努力把我们这个美丽的苗寨建设好。这也是'铸牢中华民族共同体意识'的具体体现。"

我似乎一下子听明白了，小到村里人与人之间，大到村与村之间，民族与民族之间，地域与地域之间，大家都在为一个美好的目标共同努力。

就拿村委这个事来说吧，因为乌英由两个省份共同管理，所以村里的事务自然就归属两个省份。以前在村里时常出现这样的情况：村里开两会的时候，广西籍村民自己开自己的，贵州籍村民也是自己开自己的，村里的寨老们都感到头疼。而建设水渠灌溉农田，需要资金筹措，两个省份的政策不一样，申报与落实都成问题，村干部有时是心有余而力不足。

那时候，村里的事务遇到很多困难和问题，主要是不好管理，也管不好，因为很多时候找不到负责的对象。单单是解决村里的卫生问题，有些村民都不愿配合，因为贵州按贵州的要求宣传，而广西按广西的要求宣传，两个省份之间的要求与标准不一样，各管各的，导致许多村民的不信任。虽然村里有村规民约，但是最终很难做到统一政令。十年前，乌英到处都脏乱差。那时阿爸还自嘲说："我们乌英，远看一枝花，近看一脸麻。"他说得一点也不过分。从远处看，乌英很漂亮，但走进村庄一看，到处污水横流，巷内垃圾乱堆，房前屋后到处都是牲畜粪便，从山外来的人都需要穿水桶靴。没有多少人愿意在这里多逗留，只要办完了事，就立马离开。那时人家嫌弃我们苗寨，现在回想起来是能够理解的，谁愿意到满是污水臭气的地方待着？

近年来，尤其是从精准扶贫到乡村振兴的这些年，我们乌英发生了很大的变化，村里人摆脱了贫困，过上了幸福的生活，应该用"翻天覆地"这个词来形容。能有这些变化，少不了联合党支部的付出。2017年6月，经广西和贵州双方村委的协商，成立了"中国共产党桂黔两省（区）乌英屯联合支部委员会"，苗寨的群众各自归属管理的现象成为过去，村寨里的人们更加团结，心更齐了。

我们苗寨并不大，可我们寨子的管理组织一样不缺。有句话叫"麻雀虽小，五脏俱全"，我们苗寨就是这个样子。村寨里不但有联合党支部，还有妇联、关工委、青年志愿者协会和芦笙协会等组织，男女老少都积极参与，慢慢形成了团结和谐的良好氛围。

当老师让我们举例说明什么是"铸牢中华民族共同体意识"时，我毫不犹豫地把手高高举起来，老师就点名让我站起来回答。我说出了联合党支部，说出了乌英妇女参加夜校班学习，说出了社会各界伸出手来帮助我们，还说出了村里的妇女们上山扛木头来建设风雨楼和风雨桥等事情。老师满意地让我坐下，还表扬了我，说我理解得很到位。大家都拍起手来，都为我感到高兴。

党的二十大召开那天，驻村干部组织我们一起观看。大家都听得很认真，有的做笔记，有的用手机录下视频，并不时地热烈鼓掌。当习近平总书记讲到乡村建设时，我的脑子里立即浮现出这些年乌英发生的巨大变化，不由得激动起来。我看着教室里的同学们，她们脸上的自豪之情也溢于言表。我们怎么能不高兴不自豪呢？开幕会结束时，我们喜不自禁地共同唱响《唱支山歌给党听》。这首歌太能表达我们的心情了，我们也喜欢这种充满温暖和力量的歌曲。

团结才能胜利，奋斗才会成功。这些年乌英的变化是实实在在的。我们这帮原本大字不识一个的妇女，现在竟然能听得懂电视上的讲话，不像以前看着电视却不知道在讲什么。对我们来说，这就是一个巨大的进步。

驻村干部鼓励我们："乌英之前虽然封闭落后，但是我们也有自己的特色和优势。我们可以充分利用党的政策来发展现代农村旅游。只要有政策指导，方法得当，充分挖掘整合乌英的资源和优势，积极发展生态民族文化旅游产业，就可以打造乌英的民族文化旅游品牌，让乌英焕发出新的生机与活力。这也是党的二十大精神的具体要求。"

我们听着听着就激动起来，对我们乌英的发展也充满了希望，因为这些年来驻村干部为村里做的事，大家都看在眼里，记在心里，都愿意相信他们。

这些年，乌英不断地摸索旅游发展的道路。山上的树木，田间的庄稼，河里的游鱼，世代传承的酿酒工艺和亮布制作工艺等，这些往日我们并不在意的东西，都能成为旅游资源。党的二十大召开了，新一轮的惠农政策又到来了，我们在心里暗暗下决心，要紧紧抓住发展机遇，把乌英建设得更加美好。

在这些年里，我行走于侗乡苗寨，用笔记录乡村的发展与变化，更加深刻地认识到推广普通话的重要性——只有语言相通，才能促进心灵相通、命运相通。

当我站在乌英的山坡上，望着山坡上郁郁葱葱的森林，看到从森林里延伸而出的水泥公路直抵村口。我忽然意识到，真正抵达深山苗寨的，或者说真正让苗寨抵达世界的，不是狭窄或宽广的公路，而是承载着人心与思想的语言。它无惧高山险阻，蹚水过河，穿越城墙，在思想的沟壑上架起共同命运的桥梁。

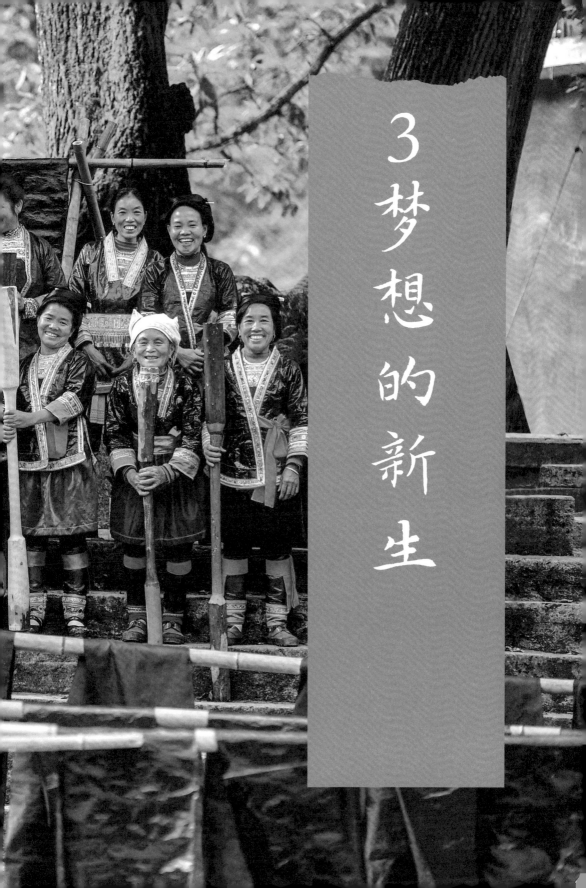

3 梦想的新生

飞鸟越高山

现在，苗寨里会说普通话的人越来越多了，说得也越来越好，尤其是孩子们。无论是男孩，还是女孩，只要到了上学的年龄，就都能高高兴兴地背着书包去上学。这是我小时候梦想见到的场景，村子里的孩子再也不会因这样那样的原因而没有书读。因为有了九年义务教育，学费、杂费都免了，连课本也不用交钱了。更让我感动的是，孩子们不仅有书读，还有"免费午餐"吃。

"我们柳州是了不起的，早在 2008 年就在全国率先实施'免费午餐'政策，接受九年义务教育的孩子，每天都有热腾腾的免费午餐。2011 年底，融水作为国家试点县，在严格执行农村义务教育学生营养改善计划的基础上，探索适合本地实际的'融水模式'。为了帮助我们乌英的孩子们，融水县教育部门下拨专门资金，修缮了乌英小学的学生食堂；从江县教育部门则聘请厨师，专门为学校里的孩子们做饭。广西和贵州共同为这些孩子的家庭消除后顾之忧。"覃书记在夜校班的动员课上说。

覃书记所说的政策具体是什么，我不大清楚，但孩子们得到的重视，我是看在眼里的。特别是"免费午餐"，从开始的每个学生每天补助两元钱，到现在的每天五元钱，保证了孩子们的营养和健康，感觉孩子们都长高了不少。孩子们正是长身体的时候，这帮了苗寨家长的大忙。之前，年轻的父母大多双双外出打工，留下老人和小孩在家。白天老人上山干农活，孩子们中午回家，只能吃点冷饭剩饭，有时还会饿着肚子去上学。自从有了"免费午餐"，孩子们在学校每天都能吃上热腾腾的饭菜，老人们上山干农活也放心。另外，在柳州市和融水县消防部门的关心下，乌英小学的孩子每天还可以额外获得三元的营养补助。苗寨里的孩子们，不仅收获了知识，还收获了健康和快乐。

2015年，孩子们有了新的校舍。学习的环境变好了，再也不怕下雨天或下雪天了。现在，苗寨里的孩子到乡里念书，也不用步行走山路了，以前要走三个多小时的路程，现在只需坐半个小时的车。现在苗寨里越来越多的孩子，考到了城里的学校。

2009年夏天，苗寨出了第一个大学生，叫吴辉忠。整个寨子因他而充满欢乐。在村子里，在地垄上，在溪流旁，在菜地里，人们到处都在谈论这个孩子。这些年吴辉忠家人供他念书不容易，有好几次，他都想辍学回来，家里人硬是咬牙供他读下去。他也很争气，终于考上了大学，村里人为他吹奏芦笙庆贺，这是多么高的荣耀啊。更重要的是，孩子们在他的身上，看到了一条走出大山的希望之路。

"信心很重要，凡是要做成事的人，首先就是要有信心。"阿爸时常这么说。

自从吴辉忠考上大学，苗寨里的孩子受到感染，考上大学的孩子像竹笋那样，这里长一根，那里长一根，不停地钻出地面。村里人对此也慢慢习惯了，也越来越相信，苗寨里的孩子并不比别人差，只要肯努力，肯付出，没有做不成的。我相信这是刻在乌英人骨子里的东西。

2013年，苗寨里出了第一个女大学生，叫吴妹乌。其实，她们家的条件也不是很好，家里人为了供她上学，没日没夜地干活，为她挣学费。村里有些人看不懂，说："她都读到初中毕业了，可以了，对得起她了。"

她不忍心家里人太辛苦，说："我不想上学了，我能办身份证了，可以外出打工了。"

"难得你这么喜欢读书，相信你能读出名堂来。你不要分心，也不要为学费操心。"她阿爸鼓励她。

在那之前，村里没有哪个女娃能读到高考，不管成绩好不好，也不管家里的经济条件允不允许，都没有给女娃们信心，没想过苗寨里的女娃也有能力去读大学。总之，苗寨里的女娃读完初中，能识字、写信、会说点普通话，完全可以外出打工挣钱了。吴妹乌在家里人的支持下，坚持读到高中，终于考上了大学。"狗不耕田，女不读书"那句话，再也套不住女娃们的脑袋了。苗寨里的女娃们受到鼓舞，更加努力读书，争取考上大学，将来做个有出息的人。

2017年，吴妹乌大学毕业，进入融水县城的单位上班，从事非物质文化遗产保护工作。我不了解什么是非物质文化遗产，也不明白那是什么工作。后来她在假期里回到苗寨，我才听到她的解释："非物质文化遗产是指我们各族人民世代相传的各种传统文化表现形式，以及相关的实物和场所。"我听得一愣一愣的，满头雾水。她拍了拍脑袋，说："我说复杂了，这么说吧，我们乌英的亮布、芦笙都是非物质文化遗产嘛。"我这才明白过来，便对她笑了笑。

现在，越来越多的苗寨孩子考上大学，像侄女梁优、潘木枝姐弟几人都考上了大学，有的还在大学里读书，有的已经参加工作。目前，苗寨考上大中专院校的孩子有近30人，而且是女娃占多数。这放在十年前，任谁都不敢想啊。这些孩子长出了翅膀，飞出了苗寨。我们看着孩子们飞出大山，在外面闯出了一片天地，也受到了鼓舞，虽然我们已经读不了大学，但上夜校班学知识也能改变我们的生活，还能带动家里小孩的学习氛围。

在采访时，潘木枝多次提到了一个词：观念。她说："到我们这一代，九年义务教育早就普及了，但是要读到大学还是很困难的，因为传统观念还在影响，再就是当时还是很贫困。"

随着九年义务教育的巩固和"两免一补"政策的推行，农家娃上学的问题越来越受关注，对乡村教育影响很大，乌英也不例外。村里人逐渐感受到教育所带来的影响。

"我觉得最大的改变就是观念的改变，人们越来越重视教育。我们乌英特地设立了一个教育奖励基金，小学到中学成绩好的同学可以得到额外的奖励，考上大中专院校的同学可以得到额外的资助。"潘木枝嘴角挂着笑说。

2021年，乌英召开了第一次教育促进大会，设立了教育奖励基金，接受社会各界人士和爱心企业的资助，鼓励苗寨的学生认真读书完成学业，成为有用之才。宣读奖励名单、发放教育奖励那天，全村人聚在广场上，还吹起芦笙，为那些获奖的孩子庆贺，鼓励和督促他们在学习上取得更大的进步。

党的十八大以来，乌英享受到了许多教育惠民政策、扶贫政策，得到了社会各界人士的帮助和支持，教育环境与条件早已今非昔比，苗寨女娃的求学路不再艰难。一批批帮扶队伍走进大山来，一个个学子走出大山去，已然成了乌英苗寨最美的风景。

肉眼可见的变化

这些年乌英的变化是肉眼可见的。"肉眼可见"这个词，我是听来乌英的游客说的。如果我没有读书，没有学讲普通话，是不会听懂这个词的。她说："这些年乡村的变化是肉眼可见的。"我想我能够理解这个词，它说的是我们肉眼所能看到的，于是就拿来用了。

变化是从一点一滴慢慢开始的，先说说乌英苗寨环境的变化吧。

2009 年，乌英修通了公路，取代了原来的山路，这个偏远、落后的苗寨大门随之打开。2015 年至今，乌英苗寨又修了三条扶贫公路：一条通往广西，一条通往贵州，还有一条是通往山里的产业路。村里人无论是出行，还是上山干农活，都方便多了。以前到乡里去一趟，实在不容易，来回七八个小时，把两条腿都走麻了，走到最后都感觉那不是自己的腿了，而现在只不过是几十分钟的事。有时家里来客人，又没有准备什么菜，还可以坐个车跑到乡里，买菜回来再做饭。

电也通了。这是由贵州积极争取为乌英实施的农村电网改造工程，让乌英成了杆洞乡第一个通电的村寨。以前夜里点煤油灯、蜡烛，因为住的是木房，这些都很不安全。电拉进来后，夜晚就亮堂堂的，村里人跟着买回电视机、电冰箱等电器。

后来，广西推进人饮工程，把山泉水从山里直接引到家里，不仅每家每户都用上了自来水，不用再到外面挑水了，还蓄起了水池，用来防火。村庄里的每条巷道都硬化了，干净整洁又安全。住房也实施了"三改"，村子里再也没有臭烘烘的味道。村里还建起了戏台、风雨楼和文化广场，现在苗寨的居住环境是以前没法比的。

现在看病治病也比以前方便多了。苗山里也多了不少好医生，其中有一位梁医生，让我们很感激。他是个年轻医生，之前在杆洞乡卫生院当副院长，经常来乌英免费为村民们做检查，大家都喜欢他。每次他来到村里，人们都争抢着拉他到家里去做客，不是说家里有什么好吃的，而是把他当成亲人看待。别看他年纪轻轻，已经是一名经验丰富的乡镇全科医生。关于他的成长故事，村里人都知道。小时候，他看到乡亲们病了，得不到及时的治疗，有些病人就被病痛生生地折磨死了。这些记忆使他难以忘怀。当看到医生受到人们的尊敬时，他就萌生了当医生的愿望，后来考上医科大学，毕业后回到家乡工作，成为卫生院的一名临床医生。为了让村里人少跑动，他把自己的电话号码留给村民，说："生病了，可以直接打我的电话。"

人们对居住环境越来越有保护的意识了。举个例子吧，在寨子外边有一个小山坳，每年春季和秋季，都会有很多鸟飞过，也不知这些鸟从哪里来，又要飞到哪里去。那时苗寨的人都吃不饱饭，村里人就会到山林里去找野菜、野果，在山林里打猎，那些成群飞过的鸟儿，自然也就成了村里人捕捉的对象。人们就把那个地方叫作打鸟坳。这些年生活越来越好了，人们再也不用为吃饭而发愁。驻村干部、记者，还有来支教的人们，都会说起"绿水青山就是金山银山"。这样的理念慢慢地种进苗寨人的心底。我们发现山林保护得越好，就越能种出好东西，比如百香果、灵芝、茶树等。覃书记说有些东西是无价的，应该也包括乌英的自然环境吧。现在村里再也没人到那里去捕捉鸟儿了，人们也自觉地把那个小山坳改叫护鸟坳。从打鸟到护鸟，天差地别啊。

"学会了普通话，就像拥有了一双翅膀。"一位来支教的姑娘说。

她说得真好，这也是我内心的真实感受。自从上夜校班学习后，我能听得懂普通话了，也能理解国家的扶贫政策了，也不用再麻烦丈夫帮忙翻译了，感觉能够飞出村寨了。

苗寨里全是木头房子，防火等级不高，村里经过改造，开辟出防火通道，提高了苗寨防火的安全等级，让村里人住得安心。为了苗寨的消防安全，在融水县消防救援大队的支持下，苗寨成立了女子志愿消防队。我刚一听说就去报名了，村里先后有十几个姐妹也一起报名参加。一开始，我们不知道消防栓、灭火器等消防器材怎么使用，于是融水县消防救援大队来到苗寨给我们进行培训。我们个个都穿上了消防服，看起来像电视上的消防员那样神气。可是我们学得很慢，因为许多东西都是头一次见到，更不用说知道怎么使用了。幸好有消防员热情耐心地指导我们，我们才放宽心地学，慢慢就掌握了这些器材的使用方法。他们一边用普通话讲解各种器材的使用方法和步骤，一边手把手地示范操作，我们都听得懂，慢慢就学会了。我不禁感慨，要是在以前，还需要中间人当翻译呢。我们都很高兴，特别是我们听得懂普通话，听得懂教官们的指令，这种感觉踏实而美妙。后来，我们自己也会操作消防器材了，这样既能检查器材有没有损坏，又能检验我们的操作能力。村里人说，苗寨有了我们就安全了。听到这样的话，我们心里别提有多高兴了，这是对我们这帮妇女最好的夸赞。

这些年，我们乌英先后获得"中国传统村落""广西民族特色村寨""柳州市民族团结进步示范屯""贵州黔东南州民族团结进步示范村"等称号。最近，乌英又被评为"广西壮族自治区民族团结进步示范村"，真是让人开心。

▲我在进行水带水枪实操

▼何玉清在进行水枪带水实操

好像人生再来了一次

"唯有学习能够满足我改变生活的渴望。"

学习普通话真的改变了我的生活。在参加夜校班学习之前，我既不会桂柳话，也不会普通话，更不会写字，平时也看不懂电视，听不懂广播，更不要说看书了。即便有好心人来看我们，我们也听不懂他们在说什么，更不懂要怎么与他们交流。那时的我，就像是一个没有心的人，看不清自己，也看不清别人。而现在，无论做什么事，我都能够认真思考。

如果要我说说自己觉得有什么最大的变化，我觉得好像人生再来了一次。

"读书，不仅能给生活带来方便，还能让人重新认识自己。"

这是一位来乌英的爱心女企业家说的话。2020 年 5 月，她了解到我们乌英的故事，深受感动，就带上一众同事，特意从南宁赶到苗寨看望我们，还给我们带来了不少学习用品。她穿着时尚，面相和善，拿着一个篮球模样的东西站在讲台上，指着它说着什么。那时我们刚学普通话不久，压根听不懂她在说什么，但我们能看出来，她很开心，也很真诚地在跟我们交流。我们也打心底里开心，只可惜我们什么都听不懂。我们在下面你看看我，我看看你，不知该如何反应才好。她终于注意到我们没有反应，脸上露出一丝尴尬，误以为我们不赞成她的话。覃书记连忙上前解释："她们刚学普通话，还听不懂您说的话。"她"哦"了一声，才恍然醒悟，对我们露出歉意的笑，于是让村支书帮忙翻译给我们听。我们才知道她手里的东西是地球仪，上面画着世界各地，她用手指着的地方，就是乌英的所在地。我心里"咯噔"一下，似乎那些话长着根，往心底扎了下去。

前面那句话也是村支书翻译过来的，我一下子就听进去了，在那之后还时不时想起来。

2022年10月，这位爱心女企业家又带着同事来乌英看望我们。隔了两年多时间，再次见到她，我依然感到亲切，心里暖暖的，像是又见到了亲人。她还是那么精神，那么有气质，站在那里就让人觉得舒服。不同的是，现在她讲什么，我们都听得懂了，交流也不用翻译了。她感到很高兴，脸上一直挂着笑。她还激动地拉着我们的手，几乎要跳起来似的："你们进步这么快呀，普通话都说得这么好了。"她竖起了大拇指，还向一同来的人说："上回我来，她们还听不懂呢。"我们听得出她是真心为我们感到高兴。正是有了像她这样的好心人的支持和帮助，我们才能有现在的进步。

说实话，我们的发音还不标准，还带有浓重的口音，连小学里的孩子都说得比我们好。

"这很正常的嘛，刚开始时，说普通话不习惯，懂的词也不多，难免会词不达意，以后多练习就好了。"阿爸这么鼓励和安慰我。

我心里有些难过，觉得自己笨，学得慢，时常说话"词不达意"。可话又说回来，遇到这种情况，我也没觉得丢人，依然坚持用普通话跟人家交流，相比以前来说，已经有很大的进步了。我们这帮同学都清楚，跟山外来的客人交流，就是跟外边的世界沟通，普通话说得再不好，也要坚持跟人交流，这也是一种学习呀。我们就这样把胆量培养起来了，终于可以表达自己了，终于敢于表现自己了，终于能够让山外来的客人听懂我们的心里话了。

现在，越来越多的人知道夜校班，不时有领导、学者、记者来到这里进行参观、考察和采访。每回有人来采访，总免不了要采访我，因为我是班长，我应该带头介绍班里的情况。我开始不敢说，也不愿说。丈夫知道了，就半责怪半鼓励地说："你去学习的目的是什么？不就是为了跟人家交流吗？"是啊，要不是为了跟人交流，我去夜校班读什么书呢？覃书记和郑老师他们也在不停地鼓励我，同学们也给我打气加油："你行的，你能当夜校班的代言人。"我知道推辞不了，就硬着头皮接受采访。第一次接受采访时，对着柳州日报社的两位记者姑娘，我心里紧张得不行，想了好半天才想到一个句子，正想说出来的时候，那个句子又不知跑到哪去了，急得我直冒汗。"阿姨，你不要紧张，你就把我们当成你的女儿。"她们这么说，我真的想起了女儿，此时她在干什么呢？我这样想着，心里就慢慢地放松下来，终于可以说起话来，尽管还有些结结巴巴。后来，我跟人家交流多了，也不再紧张了，每一次都尽力说出心里话，只是有些时候，我感觉怎么也没法把话说明白。

"你每天都在进步，以后就不会这样紧张了。"丈夫一直都在鼓励我，即使我说错了，他也不会嘲笑我，这让我觉得说错了也没什么大不了的，慢慢改过来就好了。

后来，阿爸教了我一个谈话的秘诀："跟人说话，不要急，想好了再说，语速也不要快，尽量放慢，这样才少出错，才会更有条理。"我试着按阿爸的方法与人交谈，果然一次比一次顺畅。有几回，我接受采访时，说着说着就说到心底里去了，眼泪就止不住地流。采访我的人没有笑话我，反而礼貌而友好地给我递来纸巾。有一回，一个女学者采访我，当我流泪时，她的眼睛也红了，拍着我的肩膀说："生活会越来越好的。"我狠劲地点头，十分愿意相信她的话。

以前我到医院去看病，身旁需要人来帮忙翻译，不然就难以跟医生沟通，医生也不知道我哪里不舒服，即便有中间人帮忙翻译，中间人也不是完全清楚我到底哪里不舒服，又疼痛到什么程度。现在好了，我来到医院可以直接跟医生沟通，医生也知道我心里的想法，也就更容易给我开药了。

特别是在孩子生病这件事上。孩子受着病痛的折磨，我们只能把他送到医院去治疗。那时候，我带着孩子到了医院，就像走进了迷宫，不知该往哪里走。如果没有遇到会说苗语的医生，我听不懂医生在说什么，也不知道医生怎么给孩子治疗，只能在心里干着急，又无能为力，除了在背地里默默流泪，真的一点办法也没有。

学了普通话后，我能够直接跟医生对话交流，问起孩子住院时的病情怎么样了，医生都一一告诉我。关于孩子的所有问题，我都想弄得一清二楚，想知道怎么治疗效果最好。我一天也不想让孩子再遭罪。这期间，我四处打听和学习医疗护理，还学会了不少技能和医疗护理常识。

我每回从医院回到家，就把医生说的话告诉丈夫。丈夫知道我想说什么，默默地坐在那里听着，没有说话，眼角泛起一丝泪花。我知道丈夫心里在想什么，泪水又忍不住流下来。我们都那么疼爱我们的孩子，对孩子的病又是那么无助，如果我们的血肉能当药引子，我们连眼都不会眨一下，只愿孩子能早日康复。我清楚，丈夫的泪花里，还包含着对我坚持读书的欣慰：要不是读了书，我连这些再简单不过的事都无法做到。

跨省客栈欢乐多

    学会普通话后，我们苗寨的妇女对生活有了新的理解和期盼。我现在终于明白了"扶贫先扶智，扶智先通语"这句话的意思。参加夜校班学习这几年，我越来越感觉到，有了文化知识，心胸才会慢慢打开，眼界才会慢慢放远，再也不局限在这个山旮旯里。在跟山外人的交流中，我们也受到很多鼓舞和启发。

    说到妇女主任何玉清，最让我感动的，是她对学习的渴望。最初，她知道阿爸在家里的火塘旁教我们学普通话，有空也跑来听课。那时，她还觉得有些不好意思，但当学起来之后，她就变得大方了，像个认真的小学生。当听说要办夜校班时，她第一时间去报名，还主动上门动员其他妇女去上课。她说："在这个年代没有文化太吃亏了，以前打工我就吃过很多亏，现在做生意也一样，没文化，有时候就像个盲人。"只要夜校班上课，她从来不会缺席，也不会迟到或早退。

    她家里开小卖部，有时她丈夫吴新仁不在家，她就关了店铺来学习。吴新仁就对她有意见，两口子还为此吵过嘴。他说："关了店铺去上课有这个必要吗？"她坚决不退让："学习就是为了以后更好地做生意，更好地过日子，你又不是没吃过没有文化的亏，我们现在学还来得及。"她丈夫见她那么坚定，对学习又那么热情和渴望，再想想她的话又不无道理，于是从埋怨到理解，最后全力支持她。

她学习很认真，就算在小卖部里守生意时，她也总拿着书来复习，还对着货架上的货物，一一对照汉字来学习，遇到不懂的字就记下来，到上课时再问老师。她脑子灵活，性格开朗，学习能力也强，感染着周围的同学。

2019 年 10 月，融水县政府的一群工作人员来到乌英，讨论乌英如何发展，最后决定以"旅游 + 农业产业"的模式，借助社会各方面的力量，共同推动乌英走上繁荣发展的道路。村里人听了都很兴奋，尽管还不大理解这种发展模式背后的意义，但村里人相信政府部门做出的决定。这些年乌英的变化，哪一项不是来自政府的支持和帮助呢？他们早就赢得了人们的信任。在那之前，村里人一年到头都见不到几个山外人，从没想过在深山里还能发展旅游。现在不同了，越来越多的人知道了这个地方，知道了这个特别的苗寨，连融水县政府的多个单位都来乌英讨论怎样发展这里的旅游。要不是亲身经历，还以为是在演电影呢。村里人都有种感觉，日子将会越过越好。

当村里人对这个政策还在观望时，吴新仁夫妇从这个决策中，看到了乌英苗寨发展乡村旅游的前景。何玉清满脸兴奋地说："现在乡村旅游越来越红火了，我和孩子他爸打算在寨口建一家民宿。"虽然我不太明白什么是民宿，但是我听得懂"旅游"这个词，不由得对她的话产生怀疑，谁会到这山旮旯里旅游呢？这里没有古城墙，也没有大江大河，跑到这里来游玩值得吗？

"当然值得了，这里有城里没有的自然环境与民族文化，是城里人旅游的好地方，现在又加上有政府的投入，村民的文化水平不断提升，旅游事业会慢慢发展起来的。"覃书记也这样说。

果然，如覃书记所说，不时有游客来到这里，却苦于没有旅馆住宿，因为那时吴新仁他家的民宿还在装修。当然了，苗寨里的人们都热情好客，到家里去住也没问题，只是住在别人家里，终归不方便。2022年7月，他们家的民宿还没对外开张，就陆续有外来游客要租住，直接付了1500元的订金。

吴新仁和何玉清给他们的民宿取名为"跨省客栈"。客栈离教室很近，一楼又宽敞，成了我们活动的中心场所。来到这里的游客都会选择入住民宿。我们向客人介绍时，总会笑着打趣："在这里睡觉可要小心哦，不然翻个身就跨省了哦。"这话说得并不过分，这里是广西和贵州交界的地方，村里还有夫妻分别属于两个省份的呢。在此之前，听到这样的话，也没什么特别的感觉，现在脑子里就会出现这样的画面：有个人半夜里不小心翻了个身就到了另一个省份。我不大清楚，脑子里为什么会产生这样的画面，不知是不是读了书的原因，但我喜欢这种感觉。

吴新仁在整理跨省客栈的旗子

我们大多时候就在这里接待客人，既舒适又方便。如果大家喝得尽兴了，想唱歌跳舞，走几步就到文化广场了。山外的客人来到我们这里，肯定要在弯弯曲曲的公路上颠簸好几个小时，说不辛苦那是假的。苗寨没有太华丽的美食，为了向客人表达敬意，我们纷纷向客人们敬酒，用的都是我们自己酿的米酒、果酒。自从学过古诗词后，在敬酒时，我们不仅唱苗族敬酒歌，还会唱："白日不到处，美酒恰自来。劝君更尽一杯酒，再来乌英有故人。"客人们受到感染，开怀畅饮，欢声笑语充满苗寨。

这里不仅有好喝的美酒，还有独特的果箜茶。这种茶既能暖胃，又能助消化，很受客人们的喜爱。很多客人在返程时都会带上几包。

现在，苗寨的许多土特产，都是通过这家客栈销售出去的。我学会说普通话后，还学会了使用微信。驻村干部就告诉我们可以通过微信来做买卖。我和何玉清就练习起来，她假扮老板，我充当客人。我给她发语音："何老板，有野生灵芝吗？"她也给我回复语音："有的，一斤200块，你要多少？"我再给她发语音："再便宜些就要。"她回复："180块，不能再少了。"我发语音："好的，就来两斤。"接着给她"付钱"。驻村干部又教我们怎么付钱和收钱。我们绑定银行卡之后，就可以直接通过微信付钱和收钱了。

我们把这些对话录成视频，发到学习群里，作为买卖的示范，村里的许多妇女也跟着学。从那之后，山外人可以直接通过微信联系何玉清买农产品，要什么农产品，付多少钱，都可以在微信上完成，然后何玉清再安排人把农产品送到镇上。有时她直接把客户介绍给我，这些客户需要什么农产品，村里又能提供什么农产品，通过微信交流都能够轻松解决。一部手机，就能把山里和山外连接起来。这样的操作既方便又快捷，省时省力，在此之前，从没想过这些事情还能这样解决。

这些发展变化都是我们参加学习，有了文化后才产生的。从大字不识，到现在有了文化，能用普通话来交流，学会与人交流与谈生意，我们打心里感谢帮助过我们的每一个人。

"父母在，不远游。在家门口工作，既能照顾老人，还能有一定的收入，何乐而不为呢？"

这是吴新仁最得意的事。他在慢慢兑现结婚时给妻子许下的诺言。

在谈到对未来的规划时，吴新仁看着"跨省客栈"这块招牌，说："我们先把民宿做起来，要是效益不错，再发动村里人一起来做民宿、农家乐、产业养殖等，通过发展旅游来带动更多的乡亲们一起增收。"

我喜欢听这样的话，我们都喜欢听这样的话。

在寨口，有一栋崭新的三层吊脚楼，视线能抵达远处的山梁。屋外头是斜坡，坡底是层层叠叠的水田，水田外头流淌着乌英河，夜间躺在客栈里，"潺潺"的流水声越过窗来，浸入安寂的睡梦里。屋子边是贴着山体的公路，绕着山腰往远处延伸。往村里方向望去，不足十米处是文化广场。

这是吴新仁夫妇在2022年建成的客栈——跨省客栈。

客栈一楼是餐厅，二楼、三楼是客房，房间里设有空调、热水器和独立卫生间。床上放有两个抱枕，一个绣"桂"字，一个绣"黔"字，用吴新仁的话说，在这里睡觉翻个身就跨省了。餐厅桌子上的筷子筒也刻上了字，有的刻"桂"字，有的刻"黔"字。刻有"桂"字的筷子筒里放了刻有"桂"字的筷子，刻有"黔"字的筷子筒里放了刻有"黔"字的筷子，用的时候各拿一根，就组成了"桂黔"。客栈的墙壁上挂着摄影作品，每一幅都与乌英有关，要么是唯美的苗寨风光，要么是传统的民俗节日场景，让人过目难忘，也使整个客栈弥漫着浓浓的文化气息，想必这些作品不是随意悬挂，而是经过精挑细选的。

吴新仁坐在方桌旁，熟练地为我们泡果箨茶。这是当地产的野生茶，入口清凉，带着甜味。他跟我们讲起了他与妻子的故事。

1996年，他离开乌英外出谋事。那是他第一次走出大苗山，去了隔壁融安县的一家实木家具厂打工。每个月有200元的收入，他给自己留下20元，其余的全部寄回家给父母，那时他们家还没有解决温饱问题。随后几年，他不断提高和充实自己，干起活来不怕苦，也不怕累，很快就成为厂里有经验的老师傅。由于出色的工作能力和认真的工作态度，他得到了工厂老板的赏识和信任，被提升为部门主管。

2002年，何玉清也来到这家家具厂打工。她是融水县安太乡人，生活条件相对宽裕。就这样，他们相识了。吴新仁技术熟练，做工比较快，每天省出一个多小时去帮何玉清做工。他们在工作中相互欣赏，慢慢地走到了一起。

2003年，何玉清跟随吴新仁来到乌英，从融水县城到杆洞乡坐了六七个小时的班车，再坐拖拉机从杆洞乡到党鸠村，最后从党鸠村步行三个小时的山路到乌英。走到山坳口，遥望乌英苗寨，她才发现还有这么偏僻的地方。有那么一瞬间，她的眼睛失去了光泽，吴新仁知道她在心里打了退堂鼓。吴新仁阿妈看到他从山外带回了一个这么漂亮的女朋友，不无担心地说："我们这里这么穷，她会嫁过来吗？"他没有回答阿妈的话，因为他心里也没底。

几天后，何玉清对他说："火塘凹凹凸凸的，明天我们把火塘整理起来，你挑石头，我在家整理泥土。"她俨然一副当家女主人的样子，他悬着的心终于放了下来。吴新仁阿妈从山上干活回来，看着他们整理好的火塘，转过身默默地流下眼泪："这个儿媳妇真好，以后你一定要好好对她。"吴新仁使劲地点点头，激动和愧疚同时涌上心头。

"她本来可以不用跟着我一起吃苦的，但是她对我说，'我一生一世都要跟着你，你穷你苦，我也跟着你'。"

吴新仁沉浸在往事里，眼角透出朝阳般的光亮。2004年，他们领证结了婚，让妻子过上好日子的想法也从那时起深深地埋在心底。结婚后，他们又双双外出打工，直到2009年，乌英修通公路，他带着何玉清回到乌英，用多年打工所得的积蓄买了一辆五菱车，成为当时苗寨唯一一个做运输生意的人。

"公路通车后，村里人拿木炭、鸡鸭到街上去卖，一天要来回很多次，算下来一天也要花上百来元。这是一个商机。"

吴新仁讲起他的生意经，眼里透着一股精明。

他笑了笑说："那时早出晚归挺辛苦的，可父母、老婆、孩子都在身边，一家人团团圆圆，比什么都重要。"

单靠运输收入来养活一家人，对他来说还远远不够。第二年，他开起了一家八平方米大小的小卖部，每天他出车，何玉清守店，就不用去干农活挨日晒雨淋了，他们家的生活也慢慢有了起色。他们养育了两个孩子，年龄相差十几岁，这在苗寨里是很少见的。

"以前在外打工，没有太多精力养孩子，一下子养两个是很难办到的，等老大长大了，我们才要老二，这样才有精力养育好孩子。"何玉清也坐到方桌旁，边喝茶边说。

我的童年也在乌英这样的村庄里生活，所以能理解她，也很佩服她。在山村里，很少能有妇女像她这样想，更不用说像她这样做了。这是对下一代的重视和负责。从这件事上，我就能断定他们目光长远，做事有计划有条理，能够做好许多事情。

我又喝了口果箜茶，似乎明白这茶为什么甜了。

把苗族历史穿在身上

从省城来了一批客人，他们看到苗寨姑娘们的穿戴，不禁感叹："这些衣服真漂亮，穿在你们身上，就是把苗族的历史穿在身上。"

我喜欢这个说法，不仅好听，而且感觉很奇妙。要不是外地人这么说，我们还从来没这么想过。

阿爸听了说："这种说法很有诗意嘛，不仅是苗族的衣服、首饰和语言，还有那些从古时候流传下来的习俗，比如苗寨人特别喜欢吹芦笙，都是活生生的苗族历史。"我对这样的说法半懂不懂，不过我试着顺阿爸的话去想，好像真是那么回事。你想啊，苗族先祖们来到这里生活的时候，他们就在说苗语，到现在子孙后代还在说，先祖们早就不在了，可他们说过的话，子孙们还在说，哪怕我们这些人都不在了，苗语也会流传下去。原来这就是历史。这个想法真有趣。身上穿的衣服、戴的首饰，也是同样的道理嘛。

这些年对外界了解得越多，我对我们苗族的服饰也了解得越多。我们乌英妇女的穿戴，与龙胜、三江地区很像，都喜欢穿亮布上衣、青布短裤或褶裙，佩戴明晃晃的银饰。我还在电视上看到黔东南那边的姑娘，逢年过节就盛装出行，银饰装扮尤为漂亮，在太阳下银光闪闪，衬托着一张张漂亮的脸蛋，就连同为女人的我都乐意多看几眼。

"昔以楮木皮为之布，今皆用丝、麻染成五色，织花绸、花布裁制服之。……男女皆戴银耳环，尺围大；皆跣足。"

当山外客人越来越关注亮布时，阿爸不知从哪里找来了关于苗族服饰的资料。阿爸在夜校班重新走上讲台后，对待学问的事总是格外认真。这不，他又开始研究亮布了，先用普通话，再用苗语细细地给我们解释："苗族先祖最开始是用一种叫楮木的树皮做衣服，后来才用丝、麻染上多种颜色，还在衣服上绣花，慢慢地就变成现在我们穿的衣服的模样。"

亮布是融水一带苗族的传统手工布料，乌英也不例外。它的制作过程乌英的妇女们都是知道的，小时候我就见阿妈制作过，后来也跟着阿妈学。亮布采用蓝靛草作为原料，先用木桶把蓝靛草浸泡出汁液，然后用汁液浸染布料、上浆，等布料染上色后再拿到河里清洗，晒干后就拿到平滑的石板上捶打。当村庄里飘荡"咚咚"的声响，人们就知道又是谁家在捶布了。接下来还要涂鸡蛋清，再浸染，再捶打，再涂鸡蛋清和加色，还要蒸，最后挂起来晾晒。这些工序都不能免除，先后经过好几个月，甚至长达一年时间的"千锤百炼"，亮布才最终制作而成。制作过程越精细，布料就越能长久地保持光泽。面料呈现出来的光泽越亮，说明亮布制作的技术越好。

"亮布制作的工艺过于复杂、耗时太长，传统的亮布在人们的生活中越来越少见了。近年来，随着旅游扶贫产业的发展和传统文化的复苏，传统亮布制作技艺重现生机。这也是我们乌英发展旅游的一个良机。"覃书记说。

要不是他这么说，我真的没有留意这些，当听到他这么说，忽然感觉真是那样。现在到外边打工的年轻人，很少穿苗族服装了，身上穿的都是现代服饰。这也不怪他们，那些衣服又便宜又实用，这样人们对亮布的需求也就越来越少，因此人们制作亮布的意愿也跟着变小了。当然，苗寨里的姑娘要出嫁，身上肯定是要穿苗族服饰的，而且还会打扮得漂漂亮亮，因为苗族的盛装真的很好看。郑老师在苗寨里向吴老师求婚时，他们就选择穿上了苗族服饰。他们把自己当成了苗寨人，看得出他们爱上了苗族服饰。求婚那天，他们穿着苗族服饰，尽管下着毛毛雨，山里一片阴沉，但他们身上的服饰却像一缕阳光温暖着苗寨。现在，越来越多的客人来到这里，发现并喜欢上乌英亮布的人也越来越多。

村"两委"干部和驻村干部特意到外地考察，回到苗寨就着手策划举办乌英亮布文化节活动。消息传开，村里人有点难以相信，穿在身上的衣服，竟然会成为外地客人眼中的风景。到底行不行呢？村民们并没有纠结多久，村"两委"确定下来的事，那就是应该要做的，值得做的，而且要全力去做的。这些年村"两委"带领村民们做了许多事，村庄也在不断发生变化，大家都看在眼里。人心是肉长的，只要做得对，做得好，自然会受到拥护。

2020年10月，乌英举办了"桂黔乌英苗寨首届亮布文化节"。那天，家家户户的窗口门前，都挂上了几条亮布。村里还选出了100多条亮布，拿到芦笙广场集中展示。那天天气很好，阳光明晃晃地落下来，整个村庄、山野都亮堂堂的。苗寨里来了不少客人，连县里都有人来呢。村里人都很高兴，像过春节似的，给客人端上油茶，为客人吹起芦笙，向客人唱起敬酒歌。现在，我们唱敬酒歌时，不再只是唱苗族歌曲，也唱起阿爸用古诗词改编过来的独创山歌。当客人走后，夜色慢慢降下来，太阳能路灯亮起来了。

后来上级部门特意为乌英建设了亮布广场。亮布广场建在学校旁边，连接着芦笙广场。亮布广场上竖着五根五米来高的亮布槌，用杉木制作而成。亮布槌两头粗，中间细，是亮布制作过程中必不可少的工具。

我们坐在大树下高唱独创的山歌《亮布之歌》▲

我们在亮布文化节上交流▼

在亮布成布前，要用亮布槌来捶打，这样亮布才结实、耐用。当然，实际用的亮布槌没有这么长，一米左右而已，便于妇女们使用。那几根巨大的亮布槌，成了亮布广场的标志。在广场上，还有一方水池，既是风景，又能当防火蓄水池。在亮布广场旁边，时常会有几位老妇人，端来几张小板凳坐着聊天。她们满脸安详，目光柔和，即便客人们用镜头对准她们，她们也不恼，任由客人们拍照。当有的客人把相片拿给她们看，她们无不笑哈哈地点头，偶尔嘴里还会蹦出一句普通话"好看"。在亮布广场旁，建有一栋风雨楼。这栋楼比一般民房要高，成了苗寨的标志性建筑。在风雨楼上还建有戏台，专门供村里表演使用。建造风雨楼对工艺的要求很高，是请了苗寨里手艺最好的木匠来建造的。现在亮布广场成了苗寨的重要景点，到苗寨游玩的客人，都要到那里去拍几张照片留念。

苗寨里做亮布最出色的要数韦妹丽，她被认定为自治区级亮布制作技艺的非遗传承人。那些到苗寨来了解亮布的客人，自然少不了要去找她，可她又不会说普通话，不知该如何告诉人家。有好几回，我见到她急得涨红了脸，边用手比画，边用苗语说了一大堆，可是对方并没有听懂，还是不得不让人帮忙翻译。2016年，融水县里组织一批非遗传承人到柳州去开展交流活动，也通知韦妹丽去参加。她从未出过远门，又不会说普通话，她不敢去。我能理解她，当年我要不是必须外出办事，也是不想离开苗寨的，到了山外，心里总是充满恐慌，不会说普通话，也看不懂文字，连怎么坐车都不知道，更不用说要到很远的柳州了。

"阿妈，这机会难得，我陪你去。"她女儿说。

她女儿在柳州读书，多次动员她，还答应整个活动都陪同，她才答应到柳州去看看，像我第一次出远门那样，忐忑不安地挤上车。

"我就是个盲人。"

韦妹丽（右）正在用传统亮布槌捶打亮布

这是她从柳州回来后，对我们说的第一句话。我到现在还记得，当时她脸色有些苍白，像大病刚刚好的样子。我能够理解和感受到她的内心，我第一次到城里也是那样，在城里看着街旁的高楼，看着街上的车流，感到的不是新奇，而是深深的恐惧，就像走进森林里，时刻感觉会有什么野兽，突然从暗处扑过来，把我吃掉，连骨头都不剩。

我走向韦妹丽的家，在她家楼下看到她。她正坐在屋里，手里拿着亮布槌，有节奏地捶打着亮布，发出"咚咚"的厚实声响，引得附近几只画眉鸟啼叫起来。她抬头看到我向她走去，受到惊吓似的将目光垂落下去，不敢再往我这边看，直到我走到她身旁，她才再次抬起头看过来，脸色微微泛红，挤出一丝腼腆的笑容，跟在阳光下闪着光泽的亮布，形成鲜明的对比。

她站起来说："打油茶吗？"

我连忙摆摆手："不用，不用，我们就坐在这儿采访好了。"

她有些不知所措地坐下去，再次拿起亮布槌，但没有捶打亮布，显然她有些紧张。

为了缓和气氛，我说："你知道吗？在普通话里，你的名字跟'美丽'这个词的发音很接近呢。"

她不由得怔了起来，似乎猜不到我会这么说，接着她脸上的笑容舒展开来。

"是什么原因让你决定去夜校班的？"我直接进入话题。

她往我身后看了看，没看到其他人，才说："班长没有来吗？是她劝我的，开始时我害怕，因为我很笨，怕学不会，被人笑，就不敢去。

送教老师滚银云（左立者）指导韦妹丽学习普通话发音

她就对我说，'你不去学，以后再到外边去，那才被人家笑呢'。她说得有道理，我就跟着去了。"

"学习过程中最难的是什么？"我问。

她笑了笑说："我不知道别人，我最难的，是第一次开口说普通话。说出第一句普通话，我就放心下来了，就不怕了。"

我说："这个感受还是挺让我感到意外的，那之后，你有过放弃的念头吗？"

她摇摇头说："这个没有。"

我说："是什么让你发生转变，从开始不想读到后来坚持读的呢？"

她抡起亮布槌，捶打了几下，说："开始觉得新鲜、好玩，后来发现自己也能说普通话了，也能跟人家交流了，还能看懂电视，听懂广播。我和大家一样，发现这是个好东西，就愿意去读了。我遇到不懂的问题，就给班长她们打视频电话，她们就放下手中的活，帮我解答，她们都是很好的人。"

采访结束后，她硬拉着我留下吃饭，还打视频电话给班长，用普通话说："我家来了个大客人，快过来。"好意难却，我就留在她家吃饭了。

乌英成功举办了三届亮布文化节，引起了越来越多人的关注。现在，韦妹丽向山外的客人介绍亮布，再也不用中间人来帮忙翻译了，而是直接跟客人用普通话交流，不仅能简单地介绍亮布，还能向客人介绍整个乌英的情况。许多客人听了她的介绍，就买了不少亮布，拿回去当纪念品和伴手礼。

苗寨里的妇女们忽然醒悟过来，原来传统亮布还能这样走向市场，于是她们按照市场需求制作衣服，以及纪念品和伴手礼。

在坐车离开乌英的路上，看着山坡上郁郁葱葱的灌木丛，我忽然发觉，快要被人遗忘的传统亮布，跟着整个苗寨从沉睡中苏醒过来，在阳光下闪着耀眼的光泽。

掀起乌英的盖头来

　　如果说乌英河是苗寨的母亲河，那么村庄背后的冲靓山就是苗寨的父亲山。这座山海拔高达 1300 多米，每到冬天，山顶上都会覆盖着厚厚的积雪。从远处望去，要么云雾缭绕，要么银装素裹，宛如仙境。村里人把冲靓山当作神山，世世代代受它养育和护佑。

　　从山里流淌下来的山泉水，清澈甘甜，别说是山羊了，就是苗寨里的人们，口渴了也会蹲在溪边，用手捧起溪水直接饮用。这里的山泉水用来浇灌田地，产出的糯米品质很好。用木桶蒸熟糯米，打开盖子，水蒸气扑面而来，糯米的香味飘满屋，含在嘴里，一股柔软的米香味直沁心底。这种原生态产品越来越受到欢迎。其实，读了书之后，我才知道什么是原生态产品，明白村里的农产品都是好东西。现在，每年都有客人打电话或者发微信订购农产品，有的直接跑到苗寨来买，生怕我们卖完了。

　　山里的水田还能养鱼，有鲤鱼、鲫鱼、草鱼等。苗寨里的人们喜欢吃烤鱼。有时在野外劳作饿了，直接在田埂上烤，把鱼烤熟了，再加上鱼香草等配料，烤鱼就是一道苗寨里无人不喜欢的菜肴。我发现从山外来的客人也都喜欢这道菜。

　　我最想讲的，是苗寨妇女们的秀发。

在苗寨，每个妇女头上都盘着发，插着一把梳子。梳子是每个苗寨女人都不可缺少的心爱之物，除了用来梳头，还可以当头饰。像我们这个年纪的妇女，还有比我们年纪更大的妇女，都喜欢留长头发，然后盘起来，最后插上梳子固定住。苗寨里的妇女都很爱干净，在野外劳作的时候，头发容易被弄脏弄乱，就直接用头上的梳子进行梳理，很方便。所以，生活在这里的妇女，都离不开梳子。妇女们头上的那把梳子，成了苗寨一道独特的风景。现在，苗寨里的女孩都不大留那么长的头发了，也不需要盘起来、插梳子了。随着生活慢慢变好，也有人用银饰来做头饰，既方便，又美观。

"乌英苗寨里的女人，头发都是乌黑乌黑的，这很难得，值得推广。"从省城来的过教授说，"这里肯定跟别的地方有所不同，应该是跟这里的山水、气候等有关，但最大的功劳肯定是苗寨女人的护发方法。"

我这才注意到我们乌英妇女的头发，果然像过教授所说的那样，头发都很浓密，乌黑乌黑的，无论年纪多大，都是如此，就连七十岁的阿妈也依然顶着一头黑乎乎的秀发，而且在她头上还找不到一根白发。这真是个有趣的现象，我们谁也不知道，我们的头发为什么长得这么好。现在电视里、网络上，到处都有卖护理头发的产品，也许用那些洗发用品，还不如到我们这里来养发呢。

"我一辈子都没用过洗发水，以前是没有钱买，现在有钱了也不想买。我一直都是用陶罐水洗头的，现在我的头发还是黑的，找不到一根白发，秘密嘛，就藏在陶罐里。"阿妈笑嘻嘻地说。

我这才恍然大悟，原来护发的秘密是这个。在乌英，家家户户的火塘旁，都会搁一只陶罐。每当煮饭时，就会把淘米的水倒进去，淘米水经过烘烤，发酵后就成了护发水，还飘着淡淡的米香味。在乌英，妇女们世世代代都用自己制作的淘米水来洗头护发，每个人都拥有一头乌黑亮丽的长发，即使到了八九十岁，头上也很少长出白头发。

常年用山泉水来冲洗头发，应该也是头发好的一个原因。拥有一头乌黑发亮的长头发，是苗寨女子美丽的象征。我们相信头发可以带来长寿、财富和好运。头发越长越黑，运气就越好。阿爸说，保持积极乐观的生活态度，拥有一颗永远年轻的心，比任何洗发水都重要。

"这种养发护发的方法是原始的，却又是科学的，应该发扬光大，我们可以组织举办护发文化节，让更多人知道。"村支书提议。

村里人觉得这是件好事。在联合党支部的组织下，村里人一起讨论。谈论到这个节该起什么名字，大家议论纷纷，也没拿定主意。最后覃书记说："淘米水是用陶罐来装的，取名'开坛节'怎么样？"大家一听，在嘴里默默地念了几遍，都觉得这个名字好，既好叫又响亮，更重要的是很形象。于是，苗寨里的妇女们开始积极准备节日活动。

春夏之交，大山深处万物生长，正是开坛洗发护发的好季节。在举办"开坛洗发文化节"那天，我们从家里抱着陶罐来到溪流旁，或站着，或蹲着，排在河岸边。那些陶罐怎么也没想到，以往没人正眼瞧它们，突然有一天，却变成了受人追捧的对象。我们从陶罐里舀出淘米水，倒到头上，用手熟练地搓洗，然后再用河水清洗，让头发更加乌黑发亮，在阳光下折射出光泽。我们相互交流护发经验，说的还是普通话，使从外地来参加活动的客人都惊讶不已。

那天，在村干部们的主持下，我们开展了长发梳妆、洗发护发、盘发和山歌合唱等比赛。我们不仅展示了乌英的传统洗发方法，还玩得很开心。阿妈在比赛中获得了二等奖，可高兴了，她希望以后年年都能办这个节。

"这里不仅有许多流传已久的传统节日，还有亮布节、开坛节这些新策划创办的节日，现在连妇女们都学会普通话了。乌英就像深藏在深山里的姑娘，到了掀起盖头让世人一睹芳容的时候了，到了把旅游资源开发出来的时候了。"过教授站在跨省客栈前说。

我听到这话时，脑海里闪现出一个画面：乌英这个姑娘终于掀起了盖头，在世人面前，露出新娘般美丽的容貌。我隐隐意识到，过教授在为乌英指出一条发展的好路子。

在苗寨，节庆是极其重要的，也是苗寨人最为期待的。苗寨人每年都会过新禾节、烧鱼节、坡会、苗年，春节也过。无论节日大小，苗寨人都认真过。苗寨里的人在过节庆时，都感受到极大的欢乐。

先说说新禾节，它也叫吃新节。这是苗家庆祝丰收的传统节日，多在农历六七月间举办。节日这天，家家都会到田里剪取一些新谷穗，不管谷穗是否完全成熟，都拿回家舂出米来，蒸熟成饭，然后大家一起品尝。随着时间推移，现在新禾节已经变成亲朋相聚、村寨"打同年"（交朋友）的盛会。村民们还会带上自家的糯米饭、酸鱼酸鸭、重阳酒，一起野炊、吹芦笙、跳踩堂舞等。

"在苗寨所有的节庆里，最不可错过的是坡会，场面隆重又热闹。坡会一般在春节里举行，各个乡镇的坡会时间是错开的。在坡会现场，到处都是人，无论是斗鸟，还是斗马，这些活动肯定是少不了的。更重要的是，还会有许多未婚的青年男女前来参加。"

当梁足英说起坡会时，她的眉宇间浮现出一丝兴奋与欢乐。无疑，她和其他苗寨人一样，都喜欢坡会。

"乌英有个风俗：在正月里，初一不吹芦笙不出门，初二可吹芦笙不可出村，从初三到十七才是集体活动的时间。在这段时间里，各村寨的男女老少举家出动，四处赶坡会。最后一场坡会结束后，到了十八，就收好心回来生产，把芦笙封存起来，在这期间不吹，直到秋收完毕。现在融水这里，坡会大都集中在正月初三到十七这段时间，这边做完了就轮到那边做，接连不断，形成了热闹的坡会群。"梁足英介绍，"我还是姑娘时，每年都期待着去赶坡会。那天远近的男女老少都会来，真是人山人海，山坡上黑麻麻的。人们身上都穿着节日的盛装，爱美的姑娘们穿得最好看，每个姑娘都想把自己最好的一面展现出来，以此来吸引那些未婚男子的目光。"

史料记载，融水苗族坡会历史悠久，文化内涵丰富，功能也多种多样，不同年龄、不同需求的人，大多都能够在坡会中得到快乐，这是坡会能够流传千百年而兴盛不衰的根本原因。各地举办的苗族坡会，内容丰富，有传统祭祀仪式，有比赛娱乐项目，但总少不了芦笙踩堂、斗马、赛马、扮"芒蒿"等活动。今天，坡会已成为各个民族村寨鼓舞斗志、庆贺丰收、交流情感、加强团结、增进友谊、愉悦身心的盛大节日。

这些节庆活动引来了无数游客。2023 年 1 月 21 日至 2 月 5 日，融水全县不同村寨举办了大大小小的坡会活动，当地群众和外地游客载歌载舞欢度节日，独具民族风情和烟火气的坡会文化带动了全县旅游业发展，共接待游客 71 万余人次，实现旅游消费 5 亿元。现在，乌英也在整合节庆文化，助推乡村振兴建设发展。

同心圆里的芦笙

芦笙是乌英最重要的乐器。

2019 年冬天，生活越来越好的乌英，决定更换小广场中央的芦笙柱。之前的那根芦笙柱，因年月太久了，在十几年前就坏掉了。在广东廉江市和柳州市民宗委的帮助下，村里请来木匠制作新的芦笙柱。这根芦笙柱高 20 米，上面雕着鸟、龙、牛角等精美的图腾。重新竖起芦笙柱的日子，是村里人选出来的良辰吉日。村里人备上好酒好菜，准备百家宴，庆祝新芦笙柱竖立。等时辰一到，男人们立即把芦笙柱立起来。芦笙柱立起来后，寨老走到人群面前说吉利话，祈求坡会举办成功、新年万事如意。紧接着，领队拿起小芦笙，围绕一个曲调反复吹三遍，拉开芦笙踩堂表演的序幕。接着男人们围着芦笙柱吹起芦笙，女人们随着芦笙的旋律跳起舞，整个苗寨一片欢腾。

乌英苗寨没有不会吹芦笙的男人，也没有不会跳舞的女人，用驻村干部的话说，乌英人的血液里流淌着芦笙的声音。这话说得真好，只有读书人才会这么说，把事情说得既准确，又好听。

乌英跟别的寨子一样，节日特别多。农历十二月初一就过苗年了，年轻人喜欢吹着芦笙去走村串寨，去"打同年"，这种活动直到春节才结束。而在农历腊月初六，村里人会聚集到枫香树下的芦笙堂，吹起芦笙，跳起舞蹈，通宵达旦。乌英人吹的芦笙跟别的寨子有所不同，调子多，曲子长，每一首曲子都在讲述一个深情动人的苗家故事。现在村里举办重要的活动，总少不了吹芦笙，似乎只有当芦笙响起，村庄的灵魂才鲜活。

2020年底，融水县举办迎县庆芦笙大赛。大赛很隆重，参加比赛的队伍很多。驻村干部积极组织大家排练，到县城里参赛。那是乌英的芦笙队第一次走出大山去参赛，人们心里又激动又有些不安。

以前我和阿妈很少出远门，现在不一样了，别说是县城，就是更远的地方，我们也能去了，也能交上更多的朋友。那回我们就提前一天坐车赶往县城，去参加芦笙大赛。我们到了县城，不再像以前那样，像只没头的苍蝇四处乱窜。我们知道该往哪里走，实在不知道，就用普通话向人家问路。人家也会耐心而友好地告诉我们，还担心我们不明白，用手在半空中画个示意图。这种感觉很美妙，我们不再觉得被看不见的墙给堵住了——那堵看不见的墙，此时已经被我们用普通话给推倒了。

那次比赛，乌英人十分认真。第一次走出大山去参加比赛，大家都不想丢人，都想把乌英最好的一面展现出来，让人高看我们乌英几眼，了解我们这个藏在深山老林里的小村庄。比赛场地十分开阔。各个参赛的芦笙队队员，穿着盛装，拿着芦笙，满脸微笑地跟在领队身后。领队走在队伍的最前边，吹着一曲轻快的芦笙曲子，现场成了盛大的芦笙堂。在"噼里啪啦"的鞭炮声中，几十支队伍很快走向指定的位置，精神抖擞地站在那里。紧接着，姑娘们围成一个大圆圈，挥舞着手中的鲜花，在嘹亮的芦笙伴奏之下，跳起踩堂舞，动作整齐优雅。她们身上的银饰随着舞步摇曳跳动，在耀眼的光芒中发出清脆的"叮当"声响，弥散着欢乐与喜气。

我们乌英芦笙队也尽情地吹。乌英的芦笙曲调和技法，经过多年的

快乐吹芦笙

交流和练习，融合了广西和贵州的民族文化，又有乌英自己的风格，听起来悠扬婉转，常常是作为压轴出场的。我们每赢一场，大家都欢呼雀跃起来，男人们还把外衣抛向天空，周边的观众也激动地呐喊，输的对手也来道贺。我才知道，人们并不在乎输赢，而是享受参与其中的欢乐。我觉得自己融进了眼前的这个世界。

比赛结束，我们获得了第五名，大家都非常高兴，一路吹着芦笙，感觉怎么吹都不够。当晚，村支书安排了庆功宴。我忍不住热泪盈眶，

不仅是为比赛获得荣誉而哭，更是为普通话帮助我们走出苗寨而哭。我不知道是不是学习了普通话的原因，第一次来参加比赛，心里已没有那份莫名的紧张。我能肯定的是，我们听懂了别人在说什么，再也没有那种被隔离在外的感觉。第二天，我和阿妈匆匆赶回苗寨，继续白天劳作、晚上读书的生活。

　　我已经习惯了夜晚的读书声。

芦笙是苗族最重要，也是最喜爱的传统乐器。芦笙不仅是苗族的传统乐器，也是西南地区瑶、侗等少数民族的传统乐器。各地的制作手法也是相似的，只不过各地吹奏的技艺不同。芦笙的主体部分，由笙斗、笙管、簧片、共鸣管构成。按体形的大小和形状，芦笙可分为大芦笙、中芦笙、小芦笙和地筒。

苗寨里的男人对芦笙的喜爱，有时都到了痴迷癫狂的程度，可以说芦笙是苗寨男人生命的一部分。逢年过节举办活动，男人早早就擦拭好芦笙，并对芦笙进行调试，等着节日到来就到广场上吹奏起来。要是有相邻村庄的人来村里做客，或者各村寨到乡里去参加比赛活动，男人的精神头就更足了。芦笙比赛大体是比"响"，所谓比响，就是看哪堂芦笙的声音更响亮。在比赛中，男人们全神贯注，身心沉浸其中，声调和谐统一，身体随着节奏摇摆，隐藏在身体里的气力，在那一刻迸发出来，芦笙的声音响彻云霄。听得懂芦笙的人，会在芦笙声响中，听出悠扬迷人的曲调：时而高亢，时而低沉，时而舒缓，时而急促，叙说着人生的喜与悲。即便不是过节，也不是比赛，只在农闲时节，每到夜晚，尤其是晴朗的晚上，总有三五成群的男人，聚在枫香树下练习吹奏，互相切磋技艺。他们把月亮吹起来，再把月亮吹下去，最终把天际吹亮了，才依依不舍地散去。

相传，在古时候，人们制作芦笙来庆祝节日和丰收。老党说，还有另外一种说法，人们制作芦笙，是为了把怪兽年赶走，芦笙越响，年就越害怕。赶走了年，村民才能安康，庄稼才能丰收。芦笙把村子里一切的不如意吹走，吹来村民的健康和庄稼的丰收。

在苗寨，芦笙成了村寨之间最有效的通行证，一个村寨的人到另一个村寨做客，想都不用想，肯定要用芦笙来交流。大家在一起吹奏，比声音响亮，也比曲调悠扬婉转，更比曲调里所包含的情意。

芦笙和苗寨里的汉子很像，有时看起来铁骨铮铮，有时看起来又柔情似水。芦笙在比响时，表现得很"凶"，声音排山倒海，压过世间万物，就像以前苗族的汉子上战场时的义无反顾。老党说，当年在对抗土匪时，大家就用芦笙作为联络，在这个山头吹，那个山头就知晓了情况，土匪想侵犯村寨，村民们早有防备，设陷阱，建路障，并对土匪进行反包围，最终保护村寨。

姑娘们跳着优美的踩堂舞，在她们的参与下，芦笙就会表现出它的柔情。芦笙踩堂舞，是苗家人在春节里最具看头的表演节目。芦笙踩堂舞表演这天，姑娘们穿上传统的民族服饰，后生们拿起芦笙，一场盛大的苗魁表演就开始了。在这种活动中，有缘分的姑娘和后生，还会在这天互订终身。芦笙踩堂舞承载着爱情，更能撩动年轻人的心，人们对芦笙也就更加喜爱了。

对于苗寨来说，芦笙是决定节庆，尤其是年味浓淡的关键。在乌英，小孩们从小都会学吹芦笙。这是刻在乌英人骨子里的东西，想丢都丢不掉。

舌尖上的柳州味道

　　乌英的夜校班越来越引起外界的关注，许多单位、企业以及社会爱心人士都纷纷给予我们大力支持：有的给我们带来政策便利，为乌英的建设以及夜校班的长期开办打下基础；有的千里迢迢来到乌英只为给我们上文化课，虽然时间很短，但是他们给我们带来的不仅仅是文化知识，还有他们对我们发自内心的期待与希望；有的给我们乌英捐款捐物，帮助我们克服和解决生活中的困难和问题。

　　2020 年 8 月，烈日炎炎，乌英来了一帮特别的客人，其中有一位倪老师。他是柳州螺蛳粉手工制作技艺非遗传承人，来给我们介绍螺蛳粉脱贫产业的发展情况。那时我们还不能完全听懂他说的话，借助翻译才听得懂。他说，现在螺蛳粉特别火，不仅卖向全国，还出口海外，袋装螺蛳粉的销售收入一年就达到一百多亿元。天啊，那是多少钱，要是堆在一起，怕是比村庄背后的山梁还要高吧。太不可想象了。他介绍了之后，还给乌英赠送了一批袋装螺蛳粉，供我们品尝。那天，我们第一次吃到了袋装螺蛳粉，油炸的腐竹、花生米和清脆的木耳丝、酸笋，拌在米粉里，闻起来有一股酸笋味，吃起来却味道鲜美，筋道爽滑，非常爽口。我还是第一次吃到这么好吃的螺蛳粉。

　　后来，政府和螺蛳粉企业考察了乌英的土壤、气候等因素后，发现这里适合原材料种养，便跟乌英村委签订了原材料供应合同，即螺蛳粉企业与乌英合作，走"螺蛳粉＋企业链"的发展模式。简单来说，就是引导我们乌英村民种养红小糯高粱、田螺等螺蛳粉的原材料，直接供应给螺蛳粉企业。这是多好的事啊，种植和养殖对于村民来说，压根就不是事，就是担心种养出来后，却没法出售。现在好了，螺蛳粉企业直接上门拉走，帮助我们乌英解决了天大的难题，为苗寨探索出农业发展的新产业，拓宽我们乌英的增收致富路。在这里，必须提到一位专家，他叫兰生葵，已经从柳州市农科所退休下来，是农业品种改良研究专家。他带着红高粱的种子来到乌英，在合作社与企业的帮助下，带领我们在旱地上试种，种植成功后就大面积推广。红高粱当年就有了收获。兰专家还和我们在家里品尝了用红高粱做的螺蛳粉。

2021年10月，我们夜校班的妇女们去柳州开展了学习实践交流活动。这个难得的活动是由柳州市民宗委、市妇联以及螺蛳粉爱心企业帮忙组织的。那回班里的许多同学第一次来到现代都市，充满了对城市的赞美和羡慕。到处是高楼大厦，商场里的商品琳琅满目，应有尽有；街道上车水马龙，来来往往。夜晚的街灯把黑夜照成白昼，与偏远的乌英对比，完全是两个世界。站在柳州的街头，我们的心中满是紧张、羞涩，但更多的是开心和幸福。在柳州，我们见到了很多关心乌英发展的老朋友，他们给了乌英很多的支持和帮助。

晚上，我们被安排到星级酒店住宿，那可是我们头一回住高档的酒店。以前外出，如果来不及当天回苗寨，顶多住个简陋便宜的旅社。这次能住上星级酒店，我们知道是主办方体谅我们，想让我们这几天能好好休息，心里充满了感激。走进酒店大堂，许多目光往我们身上投来，那是一些好奇的目光，也有一些赞赏的眼神，因为我们穿着苗族服饰。这让我们很开心，又有点害羞。我看得出来，大家到了陌生的地方，都有些焦虑。第一次坐升降电梯，我们很紧张，很眩晕，我们彼此用手紧紧抓住对方，让自己站稳。幸好主办方特意安排一群有爱心的姐妹来帮助我们，很耐心地教我们如何乘坐电梯、刷卡开房门，以及如何使用酒店里的各种设施，要不然我们连房间在哪都找不到。

第二天，我们参观了柳州博物馆，看到了许多没见过的东西。当走到苗族文化展区时，我心里顿时涌起一股暖暖的自豪感，在这么发达的都市里，竟然能见到我们自己的东西，忽然觉得身上的苗族服饰跟展区的场景极为匹配。我们还去参观了柳州市妇女发展综合服务基地。那里的工作人员对我们都很热情，他们手把手地教我们制作工艺，告诉我们这些工艺产品能走向市场。他们说普通话，我们都听得懂，也学得会。我们在那里学会了制作串珠绣球，这可是走向市场的产品啊。

最让我们感到震撼的是柳州螺蛳粉产业。我们来到柳州螺蛳粉小镇的螺蛳粉文化馆参观学习，发现小小的螺蛳粉居然是一个天大的食品

我们在开心地展示现场制作好的串珠绣球

产业。我们来到袋装螺蛳粉生产车间参观，看到工人们在流水线上忙碌，他们穿着统一的白色工作服，干干净净的。经过工人们的操作，一包包袋装螺蛳粉很快就生产出来了。太让人惊讶了，真让我们大开眼界啊。原来袋装螺蛳粉是这样生产出来的。

我们还和企业员工开展文化交流活动，唱起阿爸改编的独创山歌，赞美美好的新时代，还唱起苗歌，引起员工们一阵阵喝彩。我们既激动，又欣慰，因为我们是第一次来到大都市里尽情表演，而且还听得懂别人对我们的夸赞。我们与别人之间的距离感逐渐消失。这种感受太让我们感到幸福和满足了。

最让我难忘的是，我代表夜校班发言了。其实，在行程里没有安排这一项，是临时加进去的，也就是说，我一点准备都没有，也不知道该说什么，急得眼泪都快要出来了，何况在场的不仅有工人，还有企业领导。我连忙向带队领导求助。他认真地说："这是对我们学习成果的考验，应该展示给帮助我们的人看，乌英妇女不当逃兵。"接着，他又鼓励我："班长，要相信自己，你行的。"我就颤颤巍巍地站出来，想了想，先向大家鞠躬，现场响起一阵拍手声，心里不由得更急了，想说点什么，发觉脑子里空荡荡的，可总不能不说呀，这不仅是我个人的事，还是整个夜校班的事，更是关系到乌英以后的发展。

"我站在这里说话，很激动，很感动，不知说什么好。我们，这帮妇女能到这里，看到我们的企业，这么好，这里的领导，对我们也这么好。在以前，我是从来没想过的。在以前，我们连普通话都听不懂。很多人到乌英，他们跟我们说话，我们像在听天书，那时就感觉，我们是两个世界的人。后来，有了夜校班，我们得到了很多好心人的帮助，还有很多热心企业的帮助，我们有了学习的机会。我们这帮同学在一起，很团结，相互帮忙，读书也很认真。现在，我们终于听懂普通话了，

▲我们第一次参观袋装螺蛳粉生产线

▼我们和企业员工开展文化交流活动

我们很感谢帮助过我们的人。谢谢大家，谢谢！"

　　我说得有些结巴，现场却响起了热烈的掌声，同学们都向我投来肯定的目光，带队的领导们满意地点了点头。这都得归功于夜校班啊。晚上，回到酒店，我站在落地窗前，盯着窗外明亮的街灯看，泪水从脸颊流下来。我没有用手去擦，也不怕被阿妈和其他姐妹看到，因为那是幸福的眼泪。在这样的都市里，我终于敢说普通话，终于会说普通话，终于意识到我正在用普通话轻轻地敲开这个世界的大门。

听见海的声音

"梦想"这个词，我是在黄记者身上看到的。

有一回，黄记者跟我们说起他的梦想："新闻记者的梦想，是用自己的笔和镜头，记录这个伟大时代前进的步伐，记录普通人追梦的故事，记录那些深山'空巢村'的复苏，记录那些山水林田的生态变迁，记录那些少年的大学梦……"这让我们听得激情澎湃。

他说要把我们写进新闻作品里。我觉得这没有什么可写的，我们每天都是这么平平淡淡地过。他摇摇头："你们身上闪着梦想之光。"我不知道自己身上有什么光。小时候的梦想是读书，早就泯灭了。我和村里的女人一样，长大、出嫁、生儿育女，一晃三十多年就过去了，大半辈子过去了，实在没什么值得说的。

"你们不是没有梦想，只是梦想被埋藏起来了。"黄记者坚定地说。

我想，他说的是对的。随着脱贫攻坚的深入推进，乌英和很多村寨一样，发生了巨大变化，女童教育得到进一步改善。我和姐妹们走出大山的愿望变得愈发强烈，但那时我还不敢确定这是埋在内心深处的梦想。2020年3月，乌英开办"双语双向"培训班，我和许多姐妹走进夜校班的课堂，从零开始学习说普通话。那时我才发现，原来读书的梦想一直埋在心底，像一颗饱满的种子，在心底埋了几十年，直到现在才开始发芽。我们学习的知识越多，对外界的了解也越多，心中的梦想也就越大，不再只是读书，而是读书之后可以尝试做更多的事情。

来自广东廉江市的支教老师说："廉江有海，乌英有山，合在一起就是'海誓山盟'。"这个说法特别有意思。他们还和我们许下约定："山的那一边就是无边无际的大海，等有机会就带我们乌英的姐妹，到廉江去看看大海。"

我长这么大还没见过海呢，于是看海便成了我的梦想。原来，梦想便是这样来的，我不由得一阵感慨。

没想到这个梦想很快就实现了。

2021年11月，在广东廉江市、广西柳州市妇联和柳州市螺蛳粉爱心企业的支持和安排下，我和姐妹吴妹富去了千里之外的大海边。在离开乌英之前，我心里有些纠结，要不要去买两件像样的衣服，不能到那么远的地方去丢人呀。

"不用去买什么衣服了，你们身上穿的苗族服装，就是最美的。"

覃书记打消了我的顾虑。从他坚定的眼神里，我忽然明白自信才是最美的。于是，我和吴妹富就穿着苗族服饰出远门了。

那是我第一次见到大海。我们来到码头边，看到岸边停泊着几艘船，船上插着彩旗，海风吹过来，"呼呼"作响。我们排队登上轮船，乘客们脸上都洋溢着笑容，想必他们也是来看海的吧。轮船"呜呜"响起汽笛声，朝着大海深处驶去。面前的海面越来越宽，身后的海岸越来越远，最后慢慢地消失不见了，视野里只剩下一片茫茫海水。海水在阳光下呈蓝色，没有一丝杂质，随着海风起起伏伏。海面往天边漫延而去，在视线尽头，海面和天空合二为一，再也看不到海的边缘，海风吹着我们的脸庞，带着潮湿和咸味。原来，大海是这个样子的。我想起藏在大山里的苗寨，建在山上的房子，修在山上的道路，我每天出门见到的都是山，

人生第一次看海

几乎没有离开过大山，此时心心念念的大海就在眼前，这么宽阔，这么
蓝，这么震撼。轮船在往前行驶，在大海面前，显得那么渺小，而人就
更加微不足道了。

"大海再大，也无法战胜你内心的理想。"覃书记像是看穿我的心思，
冷不丁抛来这么一句话。

海风吹过来，把他的话吹远了。我笑了笑，没有回答，站在甲板上，
望着茫茫大海，不禁想起苗寨里的乌英河和乌嘎河，流过贵州，流过柳
州，流过广州，最后汇进了大海——大海里也有我们乌英的水呀。这想
法使我心里涌起一股暖流。

我再次望向茫茫的大海，海鸥在不远处自由飞翔，洁白无瑕的云朵
飘浮在半空中。忽然，我发现这些鸟儿和云朵，跟在苗寨里看到的都不
一样，到底怎么不一样，又说不上来，眼角忽地淌下泪来。我没有用手

去擦，尽管船上还有其他乘客，因为此时此刻，我心里只有感动，觉得自己就像海上的海鸥，也正在空中飞翔。我一时不知道该怎么表达自己的心情，不由得念起了那些跟江海有关的诗句。吴妹富也跟着念了起来。

往日学习的诗句一下子变成了面前望不到边的大海。

春江潮水连海平，海上明月共潮生。
白日依山尽，黄河入海流。
君不见黄河之水天上来，奔流到海不复回。
长风破浪会有时，直挂云帆济沧海。

覃书记本来在旁边忙着拍照，忽然听到我们在念诗句，停下了手上拍照的动作，脸上露出既惊讶又欣慰的笑容。是啊，这些年来，他们想尽办法组织我们学习，现在我们终于能够说普通话了，还能够面朝大海朗诵诗句了。这是他们的期望，也是他们努力付出的成果啊。

不少乘客盯着我们身上的衣服看，我猜不出他们心里在想什么，但能够肯定的是，他们并无恶意，因为他们眼里含着好奇与欣赏。我们便礼貌地向人们点点头，算是对他们关注的回应。

"你们的衣服真好看。"有个阿姐突然跟我们搭起话来。

我转头看向覃书记。他看到我在向他求助，却没有走过来，一直用目光鼓励我好好跟人家交流。

"我们是苗族人，身上穿的是苗族衣服。我们来自广西和贵州交界的一个苗寨，叫乌英苗寨，是一个很漂亮的地方。我们那里的人热情、好客，欢迎你到苗寨做客。"我硬着头皮说完，发现自己居然说得很流畅，开心地从手机里翻出乌英的照片给她看。

阿姐跟着我一起看了很多张照片，满脸笑容，竖起大拇指："你们苗寨太漂亮了，自然风光那么美好，有机会我一定要到那里去看看，说不好就在那里住下了。"我不由得感到一阵激动，我竟然能跟陌生人交流，还没感到慌乱。

我心底顿时泛起一股暖流，慢慢地往上溢，再往上溢，顺着喉咙往上蹿，即将破口而出。

"啊——"

我突然忍不住大声呼喊。

甲板上有人听到了，扭过头来看了一眼，便把目光收回去了，我就更大胆地放声呼喊。吴妹富也跟着呼喊。阿姐见状，也对着茫茫大海呼喊。我们和这个陌生阿姐的呼喊，原来是一样的，相通的，我心头一阵颤抖。我不禁想起多年前曾与几个小伙伴爬到冲靓山的山顶上叫喊，那时的叫喊满心郁闷，现在的叫喊无比敞亮。

在乌英拥抱世界

2020 年，我被同学们推选为班长，后来又被选为乌英苗寨妇联主席和妇女业余消防队队长。说实话，我心里既高兴又不安，高兴的是能为大家尽自己的力，不安的是担心能力有限，做不好。好在大家都支持我，遇到困难的事，大家齐心上阵，许多事情就变得简单了。总之，我努力带头组织村里的妇女们做公益、到夜校班学习、检查卫生和消防安全、外出参加技能比赛等，各项工作都挺顺利的，有时虽然也感觉累，但看到工作有进展，心里还是暖乎乎的。

但是，每回接到陌生电话，我心里总是有些慌张，因为那些电话多半是山外的商家打来的，有的是乡里的，有的是县里的，有的是市里的，还有的来自更加遥远的地方，对方报出自己所在的城市，我都不知道是哪里。这些商家先打我电话，询问苗寨有没有他们想要的农产品。当我回复说有时，他们就热情地说要加微信。有些客人性格更直爽，从旁人那里找到我的微信，直接添加好友，其实也是想订购山里的农产品。我竟然就这么在微信上跟商家谈起了生意。这些生意，连面都不需要见，在手机上沟通就成了。山里的农产品，足不出户就推销到了山外，有的远销到大都市里，太不可思议了。以前，我们连普通话都听不懂，跟城里人连话都说不上，更别说谈什么生意了。语言一通，村庄与山外联系的路打通了，山里人的思想也打通了。

"是呀，世界就是这么打开的，我们要向世界介绍乌英苗寨。"

有一天，黄记者在教室里这样说，把我们给吓住了。可转念一想，这些年来他不就是这么干的吗？从2017年秋天开始，他就扛着相机四处拍照。这几年来，他相机上的快门，被他按下了数十万次。我们从他的相片上看到这个村庄的全貌，看到清澈的溪流，看到村里人的面容，看到村里人的习俗与文化等，每一张相片都让我们喜欢，因为这就是我们的生活，被定格在他的相机里之后，显得更加有生气了。黄记者把这些照片配上文字，进行了报道。随着报道不断增多，乌英的名声也越来越响，许多人知道了这个藏在深山里的苗寨，不少旅客因此慕名而来。现在，无论在哪里，只要想了解我们乌英，都能轻松了解到。

乌英联合党支部和妇联共同决定制作《乌英妇联话乌英》视频节目。黄记者说得对，我们要自己把乌英苗寨推介出去。村支书来到教室跟我们说："怎么制作，这个大家放心，覃书记、驻村干部，还有大学生们，他们都有制作视频的经验。"一句话，我们要做自己节目的主播。接着，覃书记给我们讲解如何录制视频，我们只需要对着镜头说出事先准备好的话，就可以了。我们听了，觉得有意思，重要的不是我们在说什么，而是我们能够当节目的主播。主播这样的工作，离我们十分遥远，我们只在电视上见过，现在忽然就降临到我们身边，有些做梦的感觉。

虽然我们很兴奋，跃跃欲试，但当面对镜头时，大家心里都发虚，不停地往后退，谁也不敢当这个主播。"班长先来。"覃书记直接点我的名，我就没有办法往后退了，于是壮着胆子走到镜头前。我看着镜头对准自己，心里感到很别扭，像是在镜头里藏着一双眼睛，能一眼把我看穿，所以站了好半天，还是张不开口。覃书记鼓励我："班长，你就把镜头当作是我，像平时那样说话，向我介绍这里的情况就行。"我吸了一口气，想象面前的镜头就是覃书记，我的话只说给他听，心里就慢慢放松下来，于是能流畅地对着镜头说话了。

当视频播放出来后，同学们都满脸羡慕，她们也大起了胆子，积极主动参与节目制作。就这样，我们当起了自己节目的主播。

有一天，覃书记和郑老师去拍代时英上山放羊和学习的视频。当把镜头对准她时，她就浑身不自在，连话也说不出来。郑老师就劝她放松："你就把我们当成羊。"代时英听了就笑起来，看了看她的羊，又看了看他们，终于慢慢放松下来，顺利完成了视频的录制。

我们把乌英的风土人情都搬到视频里，比如介绍芦笙、亮布等非物质文化遗产，介绍苗寨里的第一家民宿等，既得到了锻炼，又学到了文化知识。不少山外人通过这些视频了解了乌英，让我们尝到了甜头。我们还常常聚在一起，像观看电影一样看着视频里的我们。我们十分喜欢看这些视频，像在看电影明星似的，有事没事就翻出来看。村里有两台大屏幕电视，每天滚动播放我们制作的这些视频。村里人也喜欢，特别是中小学生，他们经常看，视频里的许多内容，他们都能背下来了。

潘木枝老师说："读书不只是为了走出去看到别人，也是为了让别人走进来看到我们。"她又说："读书的梦想就像一颗种子一样，埋藏在她们心里已经几十年了，现在有机会将它唤醒，所以她们都特别珍惜这次学习机会，穿着新衣服去上课，像过年过节一样，带着那份喜悦。"

潘木枝说的事正在我们苗寨发生。她的声音那么动听，说出了我们心底想说的话。夜校班的的确确把我们埋藏在心底几十年的读书梦给唤醒了，就像埋到土里的种子，遇到春雨后就生根发芽。现在，我们耐心地给这些种子浇水施肥，让它慢慢地长出枝蔓。我们每回看着视频，听着我们在视频里说的普通话，既感动，又好笑，但终归是欣慰，虽然我们的普通话说得还不够标准，而且带有口音，但是我们终于借助普通话，

苗寨四代女人的手（从左至右依次为女儿卜银秋、妈妈韦妹丽、外祖母梁妹花、
外曾祖母梁娇迷）

走进了那个以往只能在一旁羡慕的世界。

"我们只管把事情做好，结果会慢慢变好的。"

黄记者这么说，也这么做。他在我们乌英蹲点了三年，拍了许许多
多的照片，最后结集出版了一本书，书名叫《我在乌英苗寨这三年》。
他把书拿到教室里分发给我们看。我们异常兴奋地接过书。我立即翻开
来看，里面有我的照片，有阿爸阿妈的照片，有客栈老板和老板娘的爱
情故事，有我们一起种山苍子、抬木头、举办亮布文化节活动的照片，
还有很多我们夜校班的同学一起经历的故事。这些故事都被他拍成照片，

写成了一本书。这太神奇了。我看着书本上的照片，抑制不住内心的感动，没想到那么平常的事物，在他的镜头里，却能生发出生气来，印在书上这么好看，每一张图片都充满了温暖和力量。他还告诉我们，这本书还被翻译成英语版、阿拉伯语版和土耳其语版，现在世界上有很多人都在关注乌英发生的故事，关注我们乌英妇女的故事。

照片中展示了村里从少年到老人不同年龄段的人的手，这些手让我们感受到岁月留下的痕迹和积淀。其中，年纪最大的是梁娇迷，她的手看起来非常粗糙，可以看出她承担了很多活儿，做出了非常多的贡献。这让我想起了生活在土耳其安纳托利亚高原上的妇女，她们也是如此的勤劳质朴。

黄记者告诉我，土耳其那边的出版社看到这张四代女人的手的照片后深受感动。

我不知道土耳其在哪里，也没见过土耳其的妇女，但我相信她们和乌英妇女一样，都是十分勤劳、质朴和善良的。

乌英苗寨夜校班，从第一节课的 6 个人到最多时有 30 多个人，有来自社会各界的 100 多位老师走上讲台，为我们这帮乌英妇女搭建起沟通世界的桥梁。我知道，我们还是以前的我们，我们又已经不再是以前的我们，我们将在融入世界的这条路上越走越远，看到更多更美的风景。

翻看黄记者拍摄的照片，《手的震撼》这组照片让我尤为感动。画面上的那些手几乎都布满老茧，有的手握着砖刀，有的手在搬运水泥，有的手在建房时不小心被割掉了两个手指。其中，那张四代女人的手的照片，以一个半圆的形式呈现，从布满老茧的苍老手掌，到黝黑粗壮的大手，再到白皙稚嫩的小手，无不包含着历史的更替、岁月的沧桑，以及苗寨的世代传承。他通过这些手的特写，展现了乌英女人少年的憧憬、青壮年的打拼、中老年的通透与沧桑，反映了乌英人团结一心、勤劳刻苦、用自己的双手发展产业，奋力摘掉贫穷帽子的奋斗过程，讲述着乌英人立志脱贫、自强不息的故事，触动读者的心魂。

"我拍这组照片，不是刻意的，只不过是机缘巧合。那是 2018 年元月，我刚到乌英蹲点不久，那时我正在拍摄一个乌英冬季的题材，这里地处高寒山区，寒风刺骨。我每到一个地方拍摄，村民看到了，都热情地招呼我到屋里烤火。我就跟着老人们围坐在火塘边，跟他们聊天、喝米酒。有位老人看到我冷瑟瑟的，突然抓住我的手又摸又焐，用苗语说着什么，我听不懂，但从他的表情与语气，我猜应该是在说'年轻人，外面好冷，你看你的手好冰'。我感受到老人那双粗糙的大手给予着温暖和友善，于是环顾火塘，在昏暗的木屋里，十几双苍老的手在红色的火光映照下显得格外震撼，内心里顿时升腾起一种感受：这些手不就是脱贫攻坚最关键的力量吗？我找到拍摄这些手的灵感，于是决定把它们放在产业脱贫的大背景下进行拍摄，通过手的特写来展现乌英人自强不息的奋斗精神。"他轻描淡写地说。

我再次深刻地感受到艺术的灵感来源于生活。我想没有火热的生活，或者离开生活闭门造车，无论如何也创作不出震撼心灵、感人至深的精品佳作。他用心拍摄完成的这组图片在首发时，包括《人民日报》在内的媒体采用量达 600 多家次，《中国青年报》等媒体放在头版中心视图，几乎成了乌英的经典代表照片。

在采访村民的过程中，我深刻地感受到，黄记者来到这里，用他的镜头记录的正在发生的历史事件，不仅是一个小小的乌英苗寨的脱贫史，更是苗族的脱贫史，也是中国脱贫攻坚伟大时代的"标本"记录。从书中，我读出他对人民群众的深情、对新闻事业的挚爱、对记录历史的执着，也读出了他深入骨髓的家国情怀，他是包括乌英苗寨在内的山乡巨变的见证者。

我们几人站在跨省客栈旁边的路面上，那是一条三米来宽的公路，路面用水泥硬化，路两旁是半米来高的篱笆，用小黄竹编成，整洁而有韵味。

"乌英比杆洞乡周边的村寨至少落后十年，这里的贫困发生率超过六成，是一个典型的贫困村。"黄记者说，"我来到这里的第一印象是群山环抱，翠绿围绕，村里人相处融洽，传统民族建筑保持完好，传统风俗文化也有很好的传承。我希望能用镜头真实记录乌英的脱贫过程，向外界讲述这个偏远苗寨背后的故事。"

他真是个有远见的记者，不是为了拍照而拍照，而是带着使命来到这里。这种使命并不是谁强加给他的，而是生长在他骨子里的东西。他努力用自己的镜头，展现"不让一个少数民族、一个地区掉队"的脱贫过程，记录下这个具有历史意义的瞬间。

我问："你在乌英这里拍照，遇到最大的困难是什么？"他略微思索，说："不是环境的好坏，最大的挑战是自己的耐心和耐性，作为一个摄影记者，拍摄秘诀就六个字：耐心、细心、恒心。别看现在这些成品，好像也没什么特别，我是用最笨的办法来拍的——就是反复地拍。拍清晨或者傍晚的苗寨，需要等到合适的光线，那样拍出来的才有可能达到创作预期。我拍村里人的手，拍了100多双，用了整整三个月的时间。"

不得不说，黄记者拍摄的相片，注重时间、地点、人物的准确性，运用细节和数字来向外界传递信息和故事，呈现了当地在脱贫攻坚过程中逐渐变化的生活，也反映了村民为美好生活而奋斗的过程和精神状态。难怪，村里人那么喜欢他，敬佩他。

"说真的，我没想到村里人对我这般热情和友好，完全超出我的预料，他们把我当成苗寨的一分子，村里做什么事情，都会来找我商量，哪怕他们心里已经有了主意。这让我很受用，也很感动，乌英人太善良，太朴实，太难得了。"

黄记者说起这些时，难以掩饰内心的感动。

复苏的空巢村

　　乌英，这个曾经贫穷、落后而冷清的苗寨，现在越来越有活力了，因为回到村庄发展的青壮年越来越多了。无论在哪里，有人才会有活力。这句话是在电视上看到的，我懂得其中的道理。我弟弟梁秀前就是放弃外边的工作，回到苗寨来发展的。

　　弟弟是 1995 年离开苗寨外出打工的。他走的那天，我们全家人都去送他，走到村口时他就不让我们再送了。"都回去吧，我挣到钱就寄回来。"他淡定地说。我们心里都不好过，直愣愣地站在村口，远远地看着他远去。弟弟背着行李渐渐地消失在山路上，我鼻子发酸，想着弟弟走向未知的生活，觉得他就像一只受伤的鸟，担心他那双未曾丰满的羽翼，怎么在他乡的天空里飞翔。阿妈走到一旁，悄悄地抹眼泪。阿爸装出很放松的样子，可我看到他眼角闪着泪花。要不是实在没有办法，我想父亲也不会让弟弟到外地打工。弟弟先到乡里，然后搭车前往县城，再从县城转车去柳州，成了苗寨里第一批外出打工的年轻人。

　　弟弟在柳州郊区的红砖厂找到了工作，两个月后就给家里寄回了100 块钱，那是他大半个月的工资。我还记得当时的感受，心里有高兴，也有失落。高兴的是，弟弟能挣钱了，还能攒下钱往家里寄，他没有乱花钱；失落的是，弟弟没有去学校，再也没有去读书。阿爸给弟弟写信，告诉他挣了钱就先回来读书。弟弟却没有再去上学，每个月领到工资，就给家里寄回来，让家里拿着去买米。他不想为了上学而让家里人挨饿。

"阿伯，帮我问问秀前哥，他那边还招不招人。"

村里的年轻人来问阿爸。阿爸是个热心肠的人，当即答应他们问弟弟，回到家就给弟弟写信，询问他那边的情况，看厂里还招不招人，招的话，村里还有不少人想去。信刚写完，年轻人就拿着跑到乡里去寄，为了能早点收到回信，他们在山路上跑几个小时也愿意，想着能早日像弟弟那样出去打工挣钱。可是，收到弟弟的回信，已经是一个多月后了。

等到春节时，弟弟终于回了家，年轻人就跑到家里来找他，问他来年还出不出去，恳求他带他们一起走。弟弟同意了。春节没过几天，弟弟就带一帮年轻人走了，村庄像是被抽掉内脏似的，空荡荡的，只剩下空架子。以前春节不是这样的，没过完元宵节就不算过完年。弟弟他们过了初四就背起行囊消失在山路间。他们得早去报到，才会被老板招用。

这些年，在外打工的弟弟每回领到钱，除了留下一些必要的生活费，把其余的钱都寄回家了。家里太需要弟弟的帮助了，是弟弟寄回来的钱，让我们家度过了那些艰难的日子。弟弟只有到了春节才回家，阿爸问他钱够不够用，让他不要寄太多的钱回家，多留点在身上备着，在外步步艰难。弟弟总是笑呵呵地说，他留的钱够用啦，他在外边每天吃得都比家里好呢。弟弟总是这么乐观善良，对未来充满信心和希望。

苗寨外出打工的人越来越多，他们从年初离家，到年底才回来。这一年里有的挣了些钱，有的什么也没挣到，无论挣没挣到都回家了，因为家里还有老人、孩子。一段时间里，村里留守的老人、儿童越来越多，现在又多了一群留守妇女，她们要留下来照顾老人和孩子。所以村里许多事情，以前都是男人做的，现在我们这些妇女得亲自上阵了。大家乐呵呵地说："我们女人也能顶半边天。"

村里人去的地方越来越远，不仅去柳州、南宁，还去广东、浙江、上海等地。在外工作的人，有的顺利，有的不顺利，村里的青年人也都慢慢接受外面的世界。

弟弟外出打工的前十余年，他几乎把工资全部寄回来，也就没攒下什么钱。直到2006年苗寨种上杂交水稻，产量一下子翻番，不仅家里的米够吃了，而且每年还有些余粮，就不用弟弟再寄钱回来补贴。那时，我已嫁为人妻，也有了自己的孩子。弟弟才开始攒下一些钱。

"那个时候，我才感觉到自己真正地走出了大山，从土地的束缚里挣脱出来。"在一次喝酒后，弟弟红着脸说。他脸上还洋溢着一丝自豪和得意。弟弟的话我是信的，也是理解的，那些年真是难为他了。

2008年，村里通了一条公路，通往十几公里外的杆洞乡，路面铺着拇指大小的砂石，还有一公里就到寨门口。阿爸就写信给在外打工的弟弟，告诉他公路修到家门口了。弟弟为此特意请假回来看。当他看到公路真的修到了村口，不禁满脸惊讶。弟弟曾经说过："要是哪一天，村里通车了，我就回到苗寨发展。"这是他在朋友面前许下的诺言。现在苗寨通车了，他萌生了回家的念头。

那年年底，弟弟果然回来了，他是骑着一辆新买的摩托车回来的，车上载着他的妻子和女儿。两轮摩托车顺着那条刚刚修通的砂石路开到了苗寨里。这是弟弟多年来的梦想啊。弟弟在红砖厂工作时，厂里的老板买了一辆摩托车，全厂加菜庆祝，好不热闹。那时弟弟就对厂长说，要是他每个月能把钱存下来，他也要买辆摩托车。厂长以为他在开玩笑，满脸怀疑地拍了拍他的肩膀。弟弟说那时他就在心里发狠，将来一定要买辆摩托车，直接从城里开回苗寨。现在弟弟就这样把摩托车开回乌英，整个苗寨顿时沸腾起来，弟弟成了苗寨里第一个有"车"的年轻人。

这些年，弟弟外出打工，见过许多人，也遇到过许多事，心里有了很多想法。他跟村里人说："我想买车做生意。"村里人听了都在怀疑他，以为他是在吹牛。这不怪人家，在苗寨里，祖祖辈辈都没人有过这样的想法，做生意那是山外人干的事，苗寨里从来没出过生意人。

"我不是在开玩笑，也不是在说笑话。我是认真的，我认定了这个事，我就会努力去实现它。"

弟弟这么说，也这么做。他认定的事，就会拼命去做，不达目的不罢休。说实在的，我一直为聪明懂事的弟弟感到骄傲。弟弟没有再次外出，而是留下来谋求发展，况且阿爸阿妈年纪大了，需要人照顾。弟弟在苗寨里开了第一家小卖部，第二年他又买了一辆二手面包车，还开了苗寨的第一家木材加工厂。在之后的几年里，弟弟又换了几次车，还花了七万元买了一辆小汽车。我似乎看到弟弟身上有双翅膀，并没有因为辍学而无法飞翔，他同样飞出了属于自己的天空。

阿爸阿妈也是高兴的，阿爸还在墙上用粉笔写下"有车的感觉真好"，并记下"2008.11.26"，那是弟弟买第一辆车的日期。之后，阿爸又在墙上写了几个不同的日期，那是弟弟在之后几年里买车的时间。弟弟每买一辆车，阿爸都要在墙上记下来。尽管大多是二手车，也不是很贵，但在苗寨里已经是了不起的进步了。阿爸是有心的，他一直关心自己的儿女。我忽然觉得，不管我们是不是长大了，是不是成家了，是不是跟阿爸阿妈在一起生活，在他们的眼里，我们作为儿女，永远是还没长大的孩子。

现在，像弟弟这样的乌英人越来越多，他们像从梦中醒过来一样，知道怎么才能更好地发展。别说是他们，就连我们这帮妇女都越来越意识到，乌英的那些传统节庆、人们喜爱的芦笙，连同山上的树木，都能从各方面给村庄带来好处。

现在，我们走进了新时代里。我们是幸运的，更是幸福的。

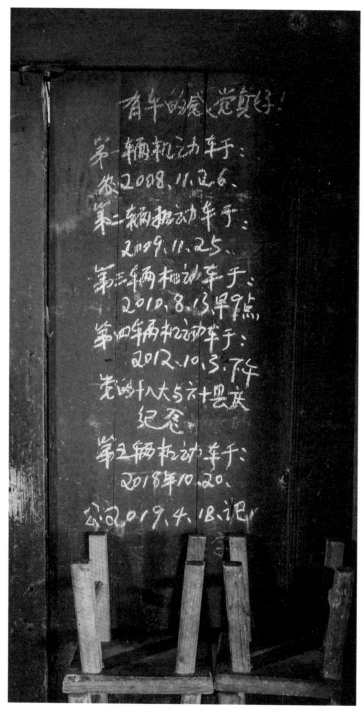

来自阿爸的感慨：有车的感觉真好

梁秀前坐在我面前，他身材稍瘦，上身穿灰色夹克，下身是黑西裤、黑皮鞋，鞋帮有些皱，但擦得干净。他留着半寸长的头发，看得出来刚理没几天，双眼炯炯有神，似乎能一眼看穿眼前的人。

"你阿爸老党在墙上写了'有车的感觉真好'，还记下了你几次买车的日期，谈谈你买车的故事吧。"我从他的车问起。

他有些不好意思地笑了笑，神情和他姐姐梁足英有些相似。他抬头往远处望去，那是顺着山谷往山外延伸的公路。

他干咳两声说："这事也没什么值得说的。小时候，我跟着阿爸到乡里赶圩，在街上第一次见到汽车。回家后，阿爸用木头给我造了一辆，从那时起我就喜欢车了。后来我出去打工，长期不在家。有一年，阿爸来信告诉我，说村里通了公路。我难以置信，就特意请假回家，果然看到一条蜿蜒的砂石路。我心里第一反应就是：买车。那是我从小就有的梦想，没钱买大车那就买摩托车。2008年年底，我骑着摩托车回来了，还载着我老婆和女儿，现在想来那时胆子也太大了，骑摩托车走那么远的路，多危险啊，但是当时太兴奋了，都没去想这些。当我们回到村里，全寨都沸腾了，那是寨子的第一辆车，虽然只是一辆普通的摩托车。"

梁秀前回到苗寨留了下来，路通了，生意也就来了。他在寨子开了第一个小卖部，经常开着摩托车外出谈业务。他的生意做得越来越大，那辆摩托车已经没办法满足生活需要，于是在回到寨子的第二年，他购置了一辆二手面包车，跑起了运输。他看到山上的树木多，又不好运出去，就在寨子里开了第一家木材加工厂。第三年，由于生意的需要，他又购置了一辆更大的二手货车。

2015年，政府大力开展脱贫攻坚，梁秀前买的二手货车发挥了更大的作用。在寨子实施危旧房改造、水改、电改等工程时，大多数是用他的货车运回物料。他也见证了苗寨换新颜：水泥路直通村民门前，村里有了更安全的水、更稳定的电、更干净的生活环境……

在扶贫干部的积极推动下，2017年乌英成立党英水果种植专业合作社，梁秀前被推选为合作社的带头人。他和驻村干部、村"两委"干部一起，带领村民把荒山开垦成果园，种上百香果等特色水果，成了苗寨脱贫致富的新希望。

从摩托车到面包车，从货车到小汽车，不断升级的车型，折射出乌英苗寨的变迁。如今，车子已不是乌英的奢侈品，寨子里几乎家家户户都有摩托车，10户人家有了小汽车，现在年轻人都准备去考驾照了。

"这些年走来，你最感慨的事是什么？"我问。

他又笑了笑，说："我说了你可能不信，我最感慨的，是我阿妈会说普通话了。2020年初，我到外边跑生意，半年后才回来，看到阿妈用普通话跟客人交流。我当时惊呆了，当场怔在那里，看阿妈就像一个陌生人。阿妈还用普通话调侃我：'你好，到我家去打油茶啊。'阿妈说得很生疏，还磕巴，但足以让我大吃一惊，阿妈到了这个岁数，还学会了说普通话，实在是想不到。不过从阿妈身上能看到苗寨在复苏，有希望。"

他的回答令我感到意外，也深受震动。在过去的十几年里，在党的扶贫政策帮助下，乌英发生了翻天覆地的变化，从一个无人知晓的贫困山寨，摇身变成乡村旅游的好去处。住建部将乌英列入中国传统村落名单之后，陆续投入1000万元资金，用于改造和修建乌英的公共基础设施，乌英的生产生活有了极大的改善。十年前，村里年人均收入不足1500元，现在年人均收入超过7500元，乌英苗寨彻底告别了贫困。

在采访中，令我深受感动的是，乌英妇女眼里散发出的自信。无疑，这份自信来自外部环境的影响、生活质量的提高，以及对村庄未来发展的憧憬。而学习普通话，对她们内心建设的作用更是不可估量的。

这些年，我走过许多侗乡苗寨，采访过数百名农村妇女，她们和乌英的妇女相似，无论是谈吐，还是做事方式，都比以前有了很大进步，不再是传统意义的农村妇女，懂得搭上政策和网络的时代快车，将自己从田地和厨房里解放出来，借助文化知识打开了一方新的天地。哪怕依然是种果树，也跟以前不一样了，她们所赋予的期待更高也更远，那是境界与目光上的差别。尽管她们依然身处农村，却像乌英妇女那样，能看到整个世界。她们学习知识，不断进步，她们还是她们，但她们又已不再是她们了。

2023 年 11 月，我接到梁足英的电话，她说："杨老师，乌英苗寨过节，做坡会活动，你来啊，我们都想你了。"她的普通话说得比以前好了，她又进步了，我不由得一阵感动和欣慰，眼前浮现起那帮妇女的形象：办事沉稳的梁足英，返老还童的梁英迷，机智调皮的吴妹富，聪明能干的何玉清，变得开朗的代时英……仿佛看到了她们满脸期待地站在村口，看着通往山外的公路，望眼欲穿。我随即答应了，即便不为这部书，也应该回去看看她们。

我和报社的两个记者一起过去。在进村的公路旁，停放着一排长长的各色汽车，还没走进村就已经感受到浓烈的热闹氛围。那天来了许多客人，附近贵州和广西的村子都来人了，这也是坡会的一大特点，不只是娱乐，不同民族、不同地区的人们，聚在一起欢度节日，享受着交流的快乐。

最令人期待的是芦笙比赛。比赛的规则是，先由一方吹起，待到曲目吹奏到三分之一，另一方跟进来吹响。此时，每个芦笙手都铆足干劲，吹得面红耳赤。几种芦笙的声音夹杂在一起，互相纠缠，互相撕咬，又相互挤压，形成响亮婉转、深沉圆润、饱满雄浑的声响，有时像鸟雀叽叽喳喳，有时像细雨淅淅沥沥，有时像爱人喁喁私语，有时像瀑布飞泻奔腾，有时像惊雷震天，诉说着人们从困境走向繁荣的盛景，诉说着从沧海变桑田的心境。

比赛结束后，在文化广场中央，竖起几把高大的芦笙，接着外边再围成一个个圆圈，一个圈比一个圈大，四围的空地和山坡上挤满了观众。场地中央那几把高大的芦笙率先吹奏，接着外围的芦笙也跟着吹起来，妇女们踩着芦笙的节奏跳起舞，那是同心圆的芦笙舞。此时，不论你是广西的，贵州的，还是湖南的，也不论你是苗族的，侗族的，还是瑶族的，大家都同在一个圈里，不分你我，沉浸在欢乐的海洋里。

四周的观众不住地高声呐喊，混在嘹亮的芦笙声里，飘过村庄、河溪和田野，响彻云霄，在远处的山谷里回荡。我忽然明白，广场上比的不是输赢，而是隐藏在声音里的情谊，以及对美好新生活的期待。

后　记

　　我写作有十几年时间了，不算短，但在报告文学这个领域却没有什么经验，所以在这部作品里，我选择了一种笨拙的办法，采用大量受访者的原话来支撑文本。受访者的原话，有时更加接近事物的本质，也就更加能够说明问题。

　　在接受这部书的写作任务时，我正经历着人生巨大的悲伤。在2022年春节过后那场罕见的大雪里，被病痛折磨多日的父亲，咽下了最后一口气。仅隔一天时间，母亲因悲伤过度也走了。在那一刻，整个世界坍塌了，伤痛像无边的夜色将我吞噬，令我无法呼吸。在很长一段时间里，我都没能从父母双双离去的悲伤中走出来。在半年后的傍晚，我因精神恍惚，在城郊的公路上出了车祸，整个人摔到马路中央，横在那里昏迷不醒。后来是过路的货车司机报了警，我才被救护车送到医院。等我从昏迷中醒来，已是五个多小时后的事了。在医院里观察两天后，医生来到我的病床前，说我的脑袋受到撞击，但脑子里的瘀血在消散，就不需要动开颅手术，把几根断掉的骨头接上，然后等着恢复健康就可以了。我就这么在阎王殿里走了一遭，又摇摇晃晃地回到人间，竟然没感到半点劫后余生的庆幸。躺在病床上的那段日子，是大哥忙前忙后地照顾我，他也还没有走出父母离去的阴影，现在我的伤病又强压在他的心坎上：

万一他弟弟那颗受到撞击的脑袋从此糊涂了呢？好在我没有傻掉，才使大哥松了一口气。那段日子，我无数次回想车祸的场景，要是就此不再醒来，那么人生无异于一场梦罢了。也是在那时，我怀疑起了自己的写作——如果人生终将走向虚无，那么写作又有何意义？

过竹教授的电话就是在那时打来的，他先是询问我的伤病情况。那时我刚出院，身体还很虚弱，每走不到数百米，就不得不坐下来歇息。我接到过竹教授电话时，正坐在柳侯公园门前的石墩上，公园大门敞开着，正好看到五米来高的柳宗元塑像。他微微仰头望向天际，沉思着，应该是在构思诗篇吧。柳州，这座西南小城，在他的文笔下迎来文明风尚。我忽然意识到什么，便稍微夸张地说："好得差不多了。"过竹教授在电话里停顿了一会儿，说："广西教育出版社准备出一本书，写苗寨妇女学习普通话的事，你对侗乡苗寨熟悉，有没有兴趣写这本书？"说实话，我写作这么多年，从来没有接受过命题式的写作。我一直觉得，写作就是在寻找人类灵魂的秘密渡口，而不是事先设定的。但是，电话是过竹教授打来的，他著作等身，为人和善，受人尊敬，既然是他开口，必然有其道理，于是就顺口答应了。其实，在内心里是排斥的，此时我连为什么写作都搞不懂了，又能写出什么来呢？之后，我把这件事给忘了。

没过多久，孙华明老师打来电话，告知社里要召开写作项目见面会。开始我还有些发蒙，直到他提到过竹教授，我才猛然醒悟过来。我先是犹豫了一下，接着还是答应参加了。

见面会在广西教育出版社六楼会议室里召开。除了过竹教授、编辑部几位老师，石立民社长坐在主位上，她衣着大方，谈吐自然，行事低调，像是邻家大姐，没有半点领导的架势，以至于我在很长一段时间，没能把她与"社长"相联系，直到开始写作这部书时依然如此。石社长介绍乌英苗寨实施的"双语双向"项目，在广西乃至全国偏远省份的民族地区都具有典型意义，是值得记录和书写的时代事件。

"这些妇女生活不易，但她们能坚持下来，不仅是她们自身的意愿，也是这个时代的需求和召唤，这么说吧，在她们身上，既能看到历史，也能看到未来。"

石社长说这句话时，音调略微压沉。这句话像一枚钢针扎进我的内心，隐隐作痛。我在山村里生活多年，长大后才到山外读书工作，我深刻地了解也理解生活在村庄的人，继而清楚石社长这句话的含义和分量。我没有在这个问题上问下去，也无需继续追问，不禁回想起一辈子困在山村里的母亲，她快乐也忧伤，估计苗寨里的妇女也是如此吧。于是，我的脑海里浮现出一群苗族妇女的形象：她们背上驮着沉重的生活，脸上却绽放温暖的微笑，迈着矫健的步伐走向前方。我决定跟出版社到乌英看看，这群妇女是否跟想象中的形象相符。

两个礼拜后，我们来到了乌英苗寨。这个苗寨与我小时候生活的侗族村寨相似，鳞次栉比的吊脚楼依山而建，错落有致，精致而典雅，透着古色古香的味道，村庄周边是满山的树木，零碎而清脆的鸟啼从山涧里传来，如若不考虑生活的艰辛，这里无异于童话世界。在通路、通电之前，苗寨里的人们过着自给自足的生活。这样的村庄有别于山外的世界，存在于另一个没有多少人注意的维度里。

我见到了梁足英，她个头不高，肤色是那种被日晒后的黝黑，却闪着健康与坚毅的光泽。她的普通话说得还有些磕巴，但不妨碍我们的交流。她给我们介绍，夜校班创办近 4 年时间，共有 100 多位老师，给她们上了 800 多节课，使苗寨里的妇女从不识字到能够用普通话交流，更重要的是，普通话给予了她们从未有过的信心。我想，这才是学习所带来的最为重要的东西，使她们改变了对生活的态度和观念。现在，她们已经逐渐意识到，那些在平日里见多不怪，甚至毫不起眼的东西，比如她们的头发，身上穿的苗衣，逢年过节雷打不动都会吹奏的芦笙，以及男人们无不喜爱的画眉鸟等，在这个新时代里，在当下全国上下推进的乡村振兴里，只要找准它们的位置，必能焕发新的生命力。

更让我感到欣喜的是，驻村干部也在认真地学习当地方言，他们在工作中也能用少数民族语言与当地老百姓交流，从而消除了因语言不通而形成的障碍。我越来越觉得，真正抵达苗寨深处的是语言，而能够把苗寨带到远方的同样是语言。

近十年来，乌英苗寨发生了翻天覆地的变化，从丑小鸭摇身变成了白天鹅，尤其是乌英妇女们学习普通话这件事，更是给苗寨注入了活力和灵魂。乌英苗寨再也不会因为信息闭塞而变成折翼的鸟儿，而是在现代信息社会中重新振翅高飞。这样的村庄越来越受到人们的青睐，清新的空气，不受污染的环境，用山泉水酿成的米酒，花团锦簇，鸟语花香，为那些疲惫的灵魂提供了一个整洁、安寂而优雅的栖息之地。

梁足英和她的姐妹们乐观豁达，热情好客，在她们身上无时不散发出善良之光。那种善良与生俱来，刻在骨子里，纯粹而高贵。我不禁再次想起远去的母亲，更确切地说，在她们身上，我看到了母亲的影子。我不禁一阵感动，童年的记忆在那一刻突然复活，也是在那一刻，我像读懂母亲一样读懂了她们。

我是一个无羁的女人
像一只小鸟
在空旷的天空
自由地飞翔
…………

这是一个年轻的苗族女诗人的诗，虽然这几句诗并不惊艳，甚至略显稚嫩直白，但能很好地表达这群妇女内心的渴望。我越来越觉得，她们学会了普通话，继而能建立起足够的信心来实现内心的渴望。

我终于理解石社长在见面会上讲的话，也理解了她的良苦用心。在这位出版人身上，我看到了什么是对出版题材的敏感和把握，以及对出版工作精益求精的追求，继而明白和理解了写作的意义在于记录，记录的意义在于看见，让同时代的人看见，让后来者看见，不仅看见文本里的那些人和事，也看见那些沉默的被遮蔽的部分与生命，从而看见自己和陌生读者在文学构建的世界中相见相识。作品是岁月的证词，也是人心的证词，这是文学永存的密码。

我相信，我与这部书相遇，是一种命运使然。我也相信，乌英苗寨妇女因语言而获得"新生"；而我也因与她们相遇，获得写作上的"新生"。我将与她们一样，在充满阳光的清晨醒来，满怀信心地走向远方。

2023 年 12 月于南宁

夜校班妇女大合影

图书在版编目（CIP）数据

新声 / 杨仕芳著 . —— 南宁 : 广西教育出版社，
2024.4（2024.5 重印）
ISBN 978-7-5435-9447-0

Ⅰ.①新… Ⅱ.①杨… Ⅲ.①纪实文学 – 中国 – 当代
Ⅳ.① I25

中国国家版本馆 CIP 数据核字 (2024) 第 077131 号

XINSHENG
新声
（富媒体出版物）

总 策 划：石立民

执行策划：孙华明　陆施豆

责任编辑：陆施豆　孙华明

责任校对：陆嫣澄　何　云

数字编辑：钱艺琴　吕远梅

装帧设计：鲁明静　杨　阳　李浩丽

责任技编：蒋　媛

图片来源：郑昌昊　龙　涛　吴小舒

出 版 人：石立民

出版发行：广西教育出版社

地　　址：广西南宁市鲤湾路 8 号 邮政编码：530022

电　　话：0771-5865797

本社网址：http://www.gxeph.com

电子信箱：gxeph@vip.163.com

印　　刷：广西昭泰子隆彩印有限责任公司

开　　本：787mm×1092mm　1/16

印　　张：15.5

字　　数：198 千字

版　　次：2024 年 4 月第 1 版

印　　次：2024 年 5 月第 3 次印刷

印　　数：30501—34500 册

书　　号：ISBN 978-7-5435-9447-0

定　　价：68.00 元